新　潮　文　庫

まひるの散歩

角田光代著

新　潮　社　版

10202

まひるの散歩◎目　次

まひるの散歩

本文写真　角田光代

食べたもの日記

今やじつに多くの人がブログを書いている。読んだ本や観《み》た映画の感想を書く人もいれば、その日にあったことを書く人もいる。

インターネットというものを覚えてから、同業者友だちの書いている日記はよく読んでいた。他人の日記というのは中毒性があり、読みはじめると毎日読まずにはいられない。更新が滞ると、私にそんな権利はまったくないのに憤慨し、「更新できないのなら日記などやめちまえ」とまで思い、そうしてはたと、「もしや病気か何かで更新できないのでは」と心配になる。無料で人の日記を読ませていただいているだけなのに、感情的にせわしない。でも、読む。

最近、自分はどんな日記が好みなのか、気づいた。ごはん日記である。今日食べたものを記したブログ。写真が多用されているものがいい。最初は、料理研究家や同業者といった、いわば作ったり書いたりすることが仕事の人のブログで、食事関係がたくさん出てくるものを読んでいたが、そのうち飽き足らなくなって、見ず知らずの人のごはん日記まで読むようになった。

食べ歩きが趣味の、主婦のごはん日記。恋人と同棲《どうせい》している女の子のごはん日記。ひとり暮らしの女の子の、節約ごはん日記。ベジタリアン夫婦のごはん日記。いやー、もうびっくり。

何にびっくりって、なんと多くの人が律儀《りちぎ》に毎食毎食（外食も含め）写真を撮っているのだろう。しかも、この人たちが公表している家ごはんの、盛りつけの美しさよ。公開するから美しくしているのか、それとも、元々美しいから公開できるのか。私の友人たち（つまりは文章のプロ）ですら、だんだん更新しなくなって、自然消滅のようにブログをやめてしまうことが多くあるのに、この人たちはきちんと毎日写真入りで更新して、もう何年も続けている。なかには、ひとり暮らしのごはん日記としてははじめたものの、途中結婚し、結婚生活ごはん日記に変わった人もいる。まったく知らない人なのに、そういうのを読んでいると、「おお、最近書いてないと思ったら結婚したのか。お幸せにのう」と、孫を見守るような気分になってくる。

それにしても他家の食卓を見るのはたのしいものである。そういえば、昔テレビでやっていたヨネスケの「突撃！隣の晩ごはん」というコーナーを私は愛していた。ヨネスケが、日本各地にいき、ごくふつうの家庭にいきなり入りこんでいって夕飯を見せてもらう、という内容である。何しろ突撃なので、いい加減な夕食があったり、煮物ばかりでテーブル真っ茶色だったり、気取りがなくておもしろかった。ブログのごはん日記は、突撃されていないのでそういう粗雑さはないのだが、それでも、「ここんち、炭水化物多いなあ、若いなあ」だの「こんなに肉を食わずして平気なのか」だの「この人と私の食の好みは似ている！　話がぜったい合うはず」だの「ここの献立は量が多くてオットの人はしあわせだろうなあ」だの、思ったりする。

　ごはん日記を書いている人には、ぜひこの先十年、二十年と続けていただきたい。保存しておけば、それはちょっとした食物史、風俗史になり得ると思う。

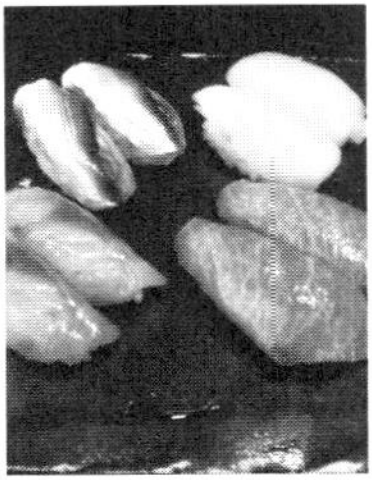

「とくべつおいしいものなら私も撮ってますが……」

一色食卓考

小学校のときから弁当だったのだが、小学校一年生にしてすでに、私は母に「ほかのお友だちのお弁当はもっときれい」と言ったそうである。その指摘にむっとしたらしい母は、私の激しい偏食もふまえた上で、弁当の彩《いろど》りと旬《しゅん》の果物を入れることに以後十二年間、すさまじい執念を燃やし続けた。私が成人してからは「あんたは小一でほかの子の弁当はもっときれいだと言った、だから私はがんばった」と言い続けることに、その執念を転換させた。

仕事場に弁当を持参するようになって一年がたつ。そして思うのは、気をゆるめると弁当というのは茶一色になってしまう、ということだ。唐揚げ、ハンバーグ、生姜《しょうが》焼き、煮物、煮魚、みんな茶色。おいしいものはみんな茶色。ひとりの仕事場で広げる弁当でも、茶一色、というのがいやで、トマトを入れたりブロッコリーを入れたりしているが、はたと疑問を覚える。茶一色である、ということに、私はなぜこんなにも抵抗感を覚えるのか。いや、私だけではないはずだ。

食卓が茶一色、というのも、なんだか気分がシオシオとする。しかし気をゆるめると、食卓も茶一色になる。昨日がそうだった。がんもどきと蕪《かぶ》の煮物と、スズキの酒蒸しと、切り干し大根と、白菜の浅蜊《あさり》あんかけと、味噌汁《みそしる》、という献立だったのだが、席について気づけば茶一色。スズキは白いが、舞茸《まいたけ》を添え、かつポン酢をかけたら茶色くなった。じつに健康的な献立だと思うが、しかし茶一色に私の気分はそこはかとなく盛り下がった。

茶、というのが地味だからいけないのだろうか。と思っていたのだが、そうではない、と気づいた。茶色じゃなくても、何色《なにいろ》でも、一色だと気分は盛り下がるのだ。

先だって友人たちとイタリア料理を出す飲み屋にいき、それぞれ一品、好きな料理を頼むことにした。この集まり、みなバランスより己の好みを優先させる人たちばかりだったらしい。テーブルの上が見事に真っ赤になった。トリッパ（内臓肉のトマト煮）、海老《えび》のチリトマト煮込み、カポナータ、トマトとベーコンのパスタ、赤ワイン。そうして、なんとなくみんな、何か解《げ》せないような顔でそれらを食べ続けた。食卓が一色であることの違和感に、みんなはっきりと気づかないまま、ひとりがようやく

「なんか違うものが食べたい」と、まだ料理は残っているのに、ゴルゴンゾーラのペンネを注文していた。そうしてようやく、テーブルに白が加わった。

そういえば、白一色というのも、覇気が失われるようなさみしさがある。冬場、白子焼き、湯豆腐、たらのホイル蒸し、など並べると、それぞれはおいしいのに、なんかもうやる気なくなっちゃった、みたいな気分になる。

おもしろいことに鍋《なべ》もそうで、白菜、豆腐、葱《ねぎ》、たら、そこに大根おろしをどっさり、なんて鍋を作ると気持ちがしーんとなる。鶏肉《とりにく》も、生なら赤いが煮れば白くなるので、たらを鶏にかえてもやっぱりさみしい。春菊とかほうれん草とか椎茸《しいたけ》とか油揚げとか、色の異なるものが入れば、おかずが鍋だけだとしてもとたんに「ああ、冬だ」とわくわくするものなのにねえ。

一色の食卓効果、意外に大きいと思いませんか？

「おいしいものは茶一色。これはたこ焼き」

宴会と知性

ひとり暮らしをはじめた二十歳のときから、住まいに人を呼んで一緒に飲むのが好きだった。むしろ、人を呼ぶのが好きだったからひとり暮らしをはじめたような気もする。私が料理を覚えたのも、つまるところみんなで家で飲みたかったからだ。料理を覚えた二十六歳から数年、私の住まいには本当に大勢の来客があり、彼らの無責任なおだて言葉があったから、私は各々の料理にチャレンジし、レパートリーを増やしていけたのである。

未《いま》だに、人を呼んで宴会をしている。が、このところ、私は自分の「宴会料理の限界」を感じはじめてもいる。さあ、家で宴会をするぞ、と思うと、私はうれしいあまり、人を呼びすぎる。八人とか十人とか、ときに二十人近く呼んだりする。となると、「前菜にスープに、パスタ二種にメイン……」などという余裕ある料理はまずできず、

「鍋」「おでん」「すき焼き」といった、とりあえずそこに具材を放りこめば量はかせげる系のものがメインになってしまう。そこから献立を組み立てることになる。

　二十代のころはそれでよかった。みんなおなかが空《す》いているし、後半は酔っぱらって何がどうでもよくなる。とりあえず、鍋が空《から》っぽにならないように肉・魚・野菜を揃《そろ》えておくことが重要だったし、私はそういうことには長《た》けていた。

　四十歳を過ぎた今も、私は家宴会といえばその方式でやっていたのだが、つい先だって、これはもうまちがっているのではないかと思い当たった。その日は十人ほどの宴会で、料理のメインはすき焼きだったのだが、全員で食べはじめて十分後に、みんなぴたりと箸《はし》を動かさなくなったのである。「どうしたの、まずい？」と訊《き》くと、ひとりが言いにくそうに、「すき焼きって味がしっかりしてるから、なんかもう満腹」と言う。サブ料理もそのままあまって、あとはみんな漬け物を申し訳程度に齧《かじ》って、ひたすら酒を飲むばかり。

　その直後、知り合いのおうちにお呼ばれした。前菜が二種出て、あまりのうまさにみなが驚愕《きょうがく》しつつ皿が空になると、すかさずサラダが二種出てきて、そのころには話が弾み、みんな飲みながらサラダをつつき、そのうちものすごく香ばしいにおいが漂ってきて、みなあらためて空腹を刺激された頃合いにどーんとメインの肉料理登場。

酔いながら、しかし私は打ちのめされていた。「ここんちのメニュウ構成には知性がある！」と、思ったのである。続けて「そして私にはない！」と、気づかされてしまった。

　人数が多いから鍋、という思考回路からして、もう知性がないのである。とりあえず腹にたまるものを食わせておけ、の時代はもう終わった。私は今抱えている宴会料理の限界を、知性でもって超えなければならぬ。超えられるかはわからないが、しかし、チャレンジはすべきである、と、お呼ばれの席で泥酔《でいすい》しながら私はひそかに決意した。

　よその食事に招かれるって、ほんと、勉強になることが多いなあ。落ち込むことも多いけど。

「てみやげにも知性が……もちろん私の買ってきたものではありません」

果物は好きですか

果物は好きだがめったに食べない。皮を剝《む》いたり切ったり種を取ったりするのがめんどうだからだ。そんなことをするくらいなら、食べんでもよろしい、と思ってしまう。だれかが剝いたり切ったりしてくれるのがいちばんいい。そうすれば食べる。自分で書きながら、なんと図々《ずうずう》しいと思ってしまうが、でも、そういう人は多いのではないか。そういう人が二人いても三人いても、果物は食卓に登場しない。みんないやなんだもの。

でも私は果物が好きだ。いちばん好きなのは、桃。それから梨《なし》。メロンもいいな。でも食べない。メロンはわりあいにめんどう度が低いが、四分の一に切って残りにラップをして、と考えるとちょっと躊躇《ちゅうちょ》する。

桃も梨も、季節が限定されるので、店頭で見るとああ食べたい、と思う。おいしいんだよなー、桃。梨。と思う。そう思う五回のうち二回だな、買うのは。そして買ったはいいが、すぐ食べない。よっぽど果物にたいしてやる気のあるときでないと、冷蔵庫から取り出さない。

マンゴーをはじめて食べたとき、あまりのおいしさに悶絶《もんぜつ》し、こんなにおいしいものを知らずに生きてきたのかとすら思った。そうして自分で買ってみたのだが、なんですかあの種。ぬるぬると皮が剝きにくいのは、まあ、いい。桃だって似たようなものだ。だけれどもそこから切ろうとして、切れない。種が意外に大きくて、かたちもよくわからず、切るというより「剝《は》ぐ」ような感じになってしまった。

後日、インターネットで「マンゴーの切り方」というページが見つかって、驚いた。身の細いほうを立てて、まんなかをちょっとさけて左右両側を切る。「三枚に下ろす」と書いてある。魚でもないのに！　そして切った左右二つの身に、格子《こうし》状に包丁を入れて皮を裏からぐっと押す。お店で出てくるマンゴーみたいになる。

こんなにかんたんだったのか……。それにしても、なんだこの平べったい種は。いったいどれほどの人が、マンゴーに種なんてなければいいのにと思ったことだろう。

そんなにかんたんなマンゴーすらも、食べたいと思う八回のうち、一回くらいだな、買うのは。なぜなら、かんたんな切り方を覚えたすぐあとに、買ったはいいが、まな板に置くとき身の細いほうを立てるのだか太いほうを立てるのだかわからなくなって、結局失敗してまた「剝ぐ」状態になり、「なんだかもうめんどう」と思ったからだ。

　そんな私がもっとも買う度合いが多いのが、バナナ。毎朝私はミキサーでバナナと豆乳をガーッとやって飲んでいる。バナナって本当に偉大。ひとりで勝手に甘いし、皮なんてあんなにかんたんに剝けてくれる。

　こんなに毎日毎日バナナを食しているのに、好きな果物は、と訊かれれば私は、うーん桃、いや、梨かな？　メロンもいいよねえ、と答える。バナナ好き？　と訊かれれば、バナナかー、なんとも思わないな、バナナのことなんて、と答える。

　私、本当に果物が好きなのかどうなのか、ちょっと疑問に思えてきた。ごめんねバナナ。

「私の携帯には果物の写真が一枚もありませんでした」

古株、新顔

　ある年齢以上の人たちにとって、食材は古株と新顔に分類されるだろうと思う。茄子《なす》とかじゃが芋とか鶏肉とかは、昔ッからある古株。たいして、アーティチョークだとか、ホロホロ鳥だとか、缶詰に入っていないホワイトアスパラガスだとかは、いつの間にか登場した新顔だ。イタリア料理店でごくごくふつうに「アーティチョークのマリネ、おいしそう」などと言ってはいるが、子どものころには、そんなものは存在しなかったのである。私はまさに、そういう世代である。

　調味料にも、古株と新顔がある。醬油《しょうゆ》や味噌は古株だが、オリーブオイルや甜麵《ティエンメン》醬《ジアン》は新顔だ。そして調味料というのは、新顔であってもうまく使いこなせれば、どんどん古株顔していくが、使いこなせないといつまでも新顔のまま、ちょっと離れた場所にいることになる。ラー油みたいに、古株なのに、「食べる」とか「辛そうで辛くない」とか「おかず」とか新しい形容詞をつけられて新顔然としているものもある。

私にとって、新顔だが古株のように親しい調味料は、豆板醬《トウバンジアン》、オイスターソース、柚胡椒《ゆずこしょう》などである。しょっちゅう使うので、ないと困る。ないと困る、になるとすでに古株だ。

いつまでたっても新顔で、馴《な》れ合えない調味料ナンバーワンは、バルサミコ酢。何かの料理を作ろうと思ってレシピを調べ、「バルサミコ酢」とあるから、買ったもの の、いっこうに減らない。レシピに「バルサミコ酢」と書いてあると「やった！」と思って嬉々《きき》として使うが、独自の料理ではどのように使っていいのかわからずに、使えない。

ときどき思い出したように使ってみる。サラダのドレッシングとか、炒《いた》めものとか、和《あ》えものとか、パスタとかに。まずくない。でも、バルサミコ酢を使わなくても、まずいわけではない。必然性が、今ひとつわからない。外食の際、ナントカのバルサミコソース、という料理を食べて、なるほどこのように使うのかと感心するが、いざ自分で試してみても、その味にはならない。

それからナンプラー。ナンプラーと出合ってもう四半世紀になる。しかも私はタイ料理が大好きで、自分でもよく作るので、ナンプラーは常備してある。春雨サラダや炒飯《チャーハン》、タイカレーにも使う。でも、それ以外となると、「はて」である。タイ料理以外に活躍の場が見つけられず、冷蔵庫のなかのナンプラーはいつまでも新顔として不安げなたたずまいである。

高山なおみさんの料理本を買ったら、タイ料理ではなく日常のごはんにナンプラーが多用されていて、ものすごくうれしかった。そうかそうか、こんなふうにも使えるのかと、目から鱗《うろこ》の思いで使うようになった。独自料理で活躍をはじめ、古株に仲間入りする日も近いであろう。

最近の世間のニュースターといえば、塩麴《しおこうじ》ではなかろうか。本屋さんにいけば麴関係のレシピ本が並び、よくいく食材店のレジわきには塩麴の瓶が並ぶようになった。新しいもの好きの私も一度市販のものを使ってみたけれど、じつにかんたんで、おいしかった。

はてさて、これはみなさんの台所で古株と化すのか。それとも新顔のまま幾年もたっていくのか。一発屋で終わる、という可能性もなくはない。

「新顔のままのバルサ氏」

一口食べる？

口に出すのに妙な抵抗のある言葉は、多々ある。たとえばご葬儀の際の「ご愁傷さまでした」って、私は言えない。たぶん、コントでそういう場面を見過ぎたせいだろうと思う。何かふざけた言葉であるような気がして、言えないのだ。あと、省略語。「メリクリ」とか「あけおめ」等はもちろん「イケメン」とか「ＫＹ」ですらも、なかなか言えない。うわ、若ぶってる！　と思われるのが、いやなんだと思う。

これは言ったっていい、いやむしろ、言ったほうがいいのに言えない、という言葉が私にはある。きっとだれにも共感してもらえないと思う。意味不明だと思う。その言葉とは、「一口、食べる？」。

みんなで異なった料理やデザートを注文した際、多くの人が言う。「わ、これおいしい。一口食べてみる？」。飲みものの場合もある。「ね、これ、一口飲んでみて」。

まわりの人たちは、「わー、食べる食べる」「飲む飲む」と、うれしそうに答える。そのせりふ、私も言いたい。すごく言いたい。そう言わないと、なんかケチみたいである。自分のぶんはだれにもあげない、と腕で皿をはさんでがっついているようである。でも、言えない。そして本当は、他人の一口も、ほしくないんです私。

原因はわかっている。育った家の習慣だ。私の亡《な》き母は、ほとんど病的な潔癖症で、家族であろうと大皿に直箸《じか》を用いることをひどくいやがり、いやがるばかりか禁じた。大皿料理にはかならず取り分け用の箸なりスプーンなりがついていた。鍋もそう。家族で、「これ、あげる」と自分の皿のものを自分の箸で分け合う、というようなこともなかった。母はよく、私の好物を私の皿に譲ってくれたが、そういうときも、取り箸を用いた。

人が口をつけたものを食べてはいけないし、自分が口をつけたものは食べさせてはいけないのだと、私は無意識に学んで育った。だから私は、中学生になっても高校生になってもまわし飲みや噛《か》み口の触れるまわし食いができなかった。大学生のころ、さすがにそんな自分はみっともないと思い、友人が「飲む？」と差し出した紙パックジュースのストローに口をつけたが、慣れぬことをしたせいで、実際に気分が悪くなった。自分が飲んだあとに返すのも申し訳なかった。刷り込みってこわいですねえ。

それで未だに「一口、食べる？」が言えないのだ。もちろん、相手の箸やフォークでとってもらえばいいのだし、飲み口が重ならないようまわし飲みすればいいのだが、なんというか、そういう理論的なことではなくて、私の食べかけのものなど、人に食べさせてはイカンという、払拭《ふっしょく》できない生理的感覚なのだと思う。

居酒屋などの大皿料理はとっくのとうに克服したが、各自配られたおのおのの料理となると、まだハードルは高い。私も言わねばならんと、幾度か言ってみたこともあるのだが、慣れないものだからきっと言いかたが珍妙なのであろう、「いいよいいよ」と遠慮されることも多い。遠慮されるとかすかに落ち込むのだから、まったくやっかいな性癖であるなあ。

「独り占めしたいわけではないんです」

妻自慢の男たち

世の夫全員がとはよもや言わないが、何割かは、妻自慢というものをする。好んでする。自慢するジャンルはみな違う。総合的にいちばん多いのは、妻のお育ちの良さを自慢する、というのだと私は思う。彼女の母校である、お嬢さま学校といわれている一貫校なり女子大なりの名を挙げたり、「何歳まで電車に乗ったことがない（お迎えの車があるから）」ことをからかい口調でくり返したり、する。妻料理自慢というのもあるし、妻蛮勇自慢（ひとりでアフリカ大陸を横断したとか）もあり、妻過去の栄光自慢（国体出場とか映画出演とか）もあり、妻自然食自慢（レトルト食品は使わないとか）、妻バイリンガル自慢もある。本当に、いろいろである。

ごくまれに、夫の自慢に鼻高々で、謙遜《けんそん》もなく「もっと言え」的ニュアンスを醸《かも》す妻もいるが、そういう人はまわりがあんまりつき合わなくなるから、あまり見かけることもない。大多数の自慢される妻は、恥ずかしいからやめてくれと思っている。そもそも、夫の妻自慢は、微妙にずれているのである。

以前、新婚夫婦の家に、妻の学生時代の友人数人で集まったことがある。メニュウのひとつにかつおのたたきが出た。「うちの奥さんは料理がすごくうまいんだ。なんでも作れる。このかつおも、ぜんぶ自分でやったんだ」と、新婚夫はすかさず妻自慢。私たちは驚き「えっ、あんた、かつおなんてでかい魚をさばいたの？」と、友人である新婚妻に訊いた。すると妻は顔を赤くして「違う、さくを買ってきてフライパンで焼いただけ」と言う。「……ケンタロウレシピで」とつけ足す。

さらに「うちは共働きだから、省略できるところはしようって、市販の出汁《だし》を使うんだよ。そのほうが手早く料理できるし」と夫はもはや自慢にもならないことを言い出し、ボンゴレスパゲティが出てきた段では「この浅蜊も彼女が採ってきて……」と言い募り、おそらく耐えきれなくなった彼女が「潮干狩りにいったのよ！」と、ほとんど遮るように言い、話題を変えた。

おおむね自慢というものは他人を困らせるものだが、しかし夫の妻自慢というのは、憎めない。もう奥さんが大好きで、褒めたくて、でも褒めどころがわからなくて、「そんなことフツー」みたいなところを褒める。妻のほうも、その気持ちはわかるしありがたいのだが、そのずれ方に耐えきれなくなることは、まま、ある。お育ち自慢の「電車に乗ったことがない」レベルだと素直に驚くが、「ピアノとバレエを習っていて」くらいだと、私の世代は当の妻も含めみな「あちゃー」となる。娘にピアノとバレエを習わせるというのが昭和四十年代の親の流行だったのだ。

　そうして不思議なことに妻自慢の夫たちは本当に妻が自慢してほしいことは、自慢しない。というか、気づかない。だれもそうは言わないがある角度から見ると妻は某女優に似ているとか、服のセンスがいいとか整理整頓《せいとん》が驚異的にうまいとか、そういうことを女たちは女同士で褒めあっているのである。

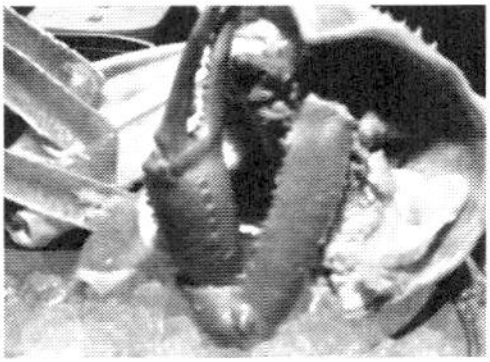

「もちろん私がさばいたのではない、松江の蟹です」

メニュウと世代

テレビを眺めていたら、昨今の男の子の優柔不断ぶりがいかほどであるのかという特集をやっていた。番組では、彼氏のどんなところに苛々《いらいら》するかと数人の若い女の子に訊き、いちばん決めづらいのは何かを若い男の子に訊き、そうして、レストランにおける若いカップルの生態を隠し撮りふうにビデオ録画し、それらを放映していた。

テレビというのは、あることがらを特定の角度から誇張してみせるから、鵜呑《うの》みにしてはいけないと重々思っているのだが、それにしても、本当に「迷う」男の子が多くて、おもしろかった。インタビューに答えていた女の子たちは、「デートの日、どこにいく？　と言っても決められないし、何食べる？　と言ってもなんでもいい、と答える。男子なのに！　って思う」と、みな、言っていた。きっと彼ら、彼女らは二十歳前後。

嗚呼《ああ》。なんたること、と、二十年前に二十歳前後だった私は思うのである。この男子たちを育てたのは、私を含む世代であり、この女子たちを育てたのもまた、私を含む世代なのだと実感した。

私が彼らくらいだったころ、マニュアル本が氾濫《はんらん》していた。初デートから結婚から、もういろいろ。男子向け女子向けそれぞれにあって、多くは、それらを読んで鵜呑みにしていた。とくに、交際経験の浅い男女は、むさぼるようにデートのマニュアル本を読み、読むばかりか諳《そら》んじた。だからみんな、似たようなデートをしていたはずである。たとえば、「どこいきたい」「何食べたい」と訊くのは、女ではなく男だった。「どこでも」「なんでも」と答える女は疎《うと》ましがられた。初期デートのレストランで、女がドリアを頼むのは、（パスタなどに比べて）比較的食べやすく、食べ姿がみっともなくないからだった。デート当日、男はデートコースを決めていなければならなかった。焼き肉屋は肉体関係がある男女がいく店だったし、お好み焼き屋に誘うのはその気がないと暗に知らしめるためだった。これ、ぜんぶ本に書いてあったことだ。

そこへきて、男女雇用機会均等法がありセクハラという言葉の一般化がある。女たちはいろんな方面に強くなった。「なんで車も持ってないのにデートに誘うわけ？」と、「女」方面に強くなるタイプもいれば、「なんでいつもデートコースを勝手に決めるわけ？　私が決める」と「男」方面に強くなるタイプもいた。こういう女たちがおかあさんになれば、そりゃ、息子はなんにも決めなくてよいであろうし、娘がおかあさんを見習えば、なんでも決めるようになるだろう。

かつてなんでも決めていた男たち、つまり、私と同世代の男たちはどうなったか？といえば、局地的な見解かもしれないが、若いお嬢さんにもてているのである。決めない男の子にうんざりした若い女の子は、マニュアルで鍛えたなんでも決める男になびいてしまうのだ。

団塊の世代のあとにはしらけ世代といった具合に、世代が世代を育てるのであるというのが、そのテレビを見た私の感想。

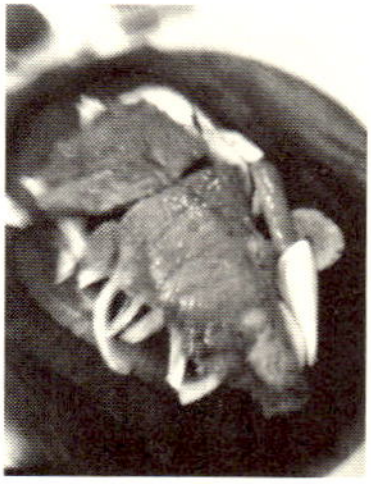

「私は秒速でメニュウを決めます」

料理とモテの相互関係について

一昔前、料理上手な女はもてる、というのは定説であった。男を胃袋で釣る、などと平気でみな言った。女性向け雑誌には「男の子が食べたい手料理」ランクとそのレシピが、よく特集されていたりした。私はそういう雰囲気のなかで青春期を過ごした。

私が料理を覚えはじめたのが二十六歳のときで、そのときから今の今まで、ずうっと疑問に思っていることがある。はたして、料理上手はもてるのか、ということである。二十六で料理を覚えたのは必要に迫られたからであって、もてたかったわけではない。が、あのとき料理を覚えなかったら、今と何か違うだろうか。あるいは、あのとき料理を覚えたことによって、何か（モテ関係で）得したことはあるだろうか。

十数年に及ぶ考察の結果、今の時点での私の結論は「否《いな》」である。料理上手の女は、料理がうまいからといって男に好かれたりはしない。もちろん好きになった女の人が料理上手でラッキー、ということはあるだろうが、なんとも思っていなかった女性の家で、思いがけずプロ並みの料理を食べて、ぐわーと恋愛熱が高まった、なんて例は聞いたことがないし、そんなことはあり得ない。胃袋で男は釣れない。と、今のところ私は信じている。

それから時代はずいぶんと変わった。料理のできる男の人は増えたし、男の人向けの料理本も多々出版されている。家事のいっさいできない男子というのは昭和の特産品なのだろうな。

そこで私は、あらたな疑問を抱くのである。はたして料理上手の男はもてるのか。世間一般的には、もてる、ということになっているようである。これは一昔前の女性版とおんなじことだと思う。しかしながら真実はいかに？

周囲の、料理上手の男性を思い浮かべてみると、どういうわけか、みな妻や恋人がいる。そのカップルの家に招かれて、妻や彼女を含む数人と、男の手作り料理をわいわい食べる、ということが私はいちばん多い。ザ・男料理！　的な、がつんとしたものを大量に作る人もいれば、プロ並みにうまい人もいる。すごいなあ、えらいなあ、と思うが、しかしときめくかといったらときめかない。妻や恋人が同席しているからだろうか。では、もし妻なし恋人なしの堂々シングル男が、私の数倍おいしい料理をごちそうしてくれ、さらに「こんなのでよければ毎日作るよ」などとささやいてくれたとしたら、私はよろめくか。

考えたが、答えは否である。おいしいものも好きだが私は料理をする過程も好きなのだ。気晴らしでもある。だって、それを男なんかに横取りされてたまるか、というような気持ちがある。おいしいものが、黙っていても毎日出てくるのは楽ではあるが、私にとってはしあわせではないらしい。

あらら。男も女も、料理がうまくてももてない、という結論になってしまったではないか。ま、でも、もてない上に料理も作れない、よりは、もてないが料理は作れる、のほうがいいか……。

「モテ男、太宰治の通ったバー〈ルパン〉にいきました」

私の過去の栄光

料理好きと料理のプロとの一線は、味の安定感だと思っている。おいしいものを、そのおいしさを保ったまま、毎日毎日作ることができるか。昨日は八十点で、今日は五十点で、明日は百四十点、とか、それはだめなのである。

当然ながら、私はそういうことがからっきしできない。今日の天麩羅《てんぷら》は自分史上最高にうまくいった、と感動するが、翌週おさらいのつもりで作ったらそうでもない。唐揚げは自信があったのだが、ときどきカラリといかずべちゃりとすることがある。まったくもって料理に波がある。

そんなふうな失敗が多いので、できるだけ私はレシピ本を見て料理をしている。独創料理が作れない、という理由もある。

それでもたまに、ごくごくたまに、思いついてしまうことがある。冷蔵庫に余っている野菜を組み合わせたり、何かを使い切りたかったり、ふいに思い浮かべてしまったりして、「よっしゃ、作ってみーようっと」ということになる。失敗は、当然ある。多々ある。けれど、成功もある。

うわ、何これ、うんまーっ！　と思う。私って天才かも、と思う。ともにテーブルを囲む友だちや夫も、おいしいと言う。なんとなく、一学年上がったような誇らしさと自負があり、いや本当に私は作り手として一ステージ上がったのかもしれないと思ったりする。

そこでレシピをメモしておけばいいものを、そういう習慣がないから、しない。それで、もう二度と作れない。

私にはそういう過去の栄光料理がいくつかある。

ひとつは海老のタイサラダ。むき海老を生姜とにんにくで炒めて、ドレッシングに輪切り唐辛子を入れて辛くしたのを覚えている。これは友人たちに大好評で、この汁（ドレッシング）がうまいとレタス一枚、汁一滴残さずみんなたいらげてくれた。これを私が作ったのはおそろしいことに十五年前くらい。あれはたしかに、本当においしかったのだが、いったいどうやって作ったんだろうなあ。

それから生春菊と蓮根《れんこん》の料理も、うまくいった。春菊の葉っぱを盛って、揚げてチップス状にした蓮根をその上にどっさりのせて、何かの汁で和えたら、これがびっくりするほどおいしかったのだ。でも今思い出せないのがその「何かの汁」。だし汁と醬油などを合わせた和風だったか、ごま油方面の中華風だったか……。

まだまだある。すりおろした玉葱と何かを和えたソースを作って、刺身に合わせたら、カルパッチョとはまた異なった洋風刺身になってうまかった、とか。生クリームと冷蔵庫の余りもので作ったパスタがなんだかおいしかったんだけれど、何が余っていたんだっけ、とか。

過去の栄光はどんどん遠ざかる。遠ざかるから、もっと記憶は美化される。二度と食べられないものは、実物より記憶のほうがきっと何倍もおいしいのだ。

案外、レシピなどメモしないほうがいいのかもしれないように思えてきた。

「これから蒸すキンキ。調理法は忘れるのが無理なほど簡単」

上には上がつねにいる

私は方向音痴である。どのくらいの方向音痴か、自分がいちばんよく知っている。何しろ十数年住んでいる町でだって迷うくらいだ。地図を見ながら歩いても、東西南北がわからないので役にたたない。東西南北がわかっていても、どういうわけだか自信を持って反対方向に歩いていたりする。

最近は、「私がこっちと思う道は、まず反対」と思い、歩き出そうとしたのと反対の道に進んだりする。それでますますわからなくなる。

だから、だれかといっしょのときは私はいっさい何もしない。その人が向かう方向に黙ってついていく。そうして感嘆する。迷わない、ということのストレスのなさに。

だから、私が方向音痴であると知っている人は少ない。いつもひとりのときに迷うからだ。しかも、私は移動時間に迷い時間をプラスしているので、だいたい三十分で着くところは一時間、一時間で着くところは一時間半、と多めに逆算して家を出る。だからどれほど迷っても、時間に遅れるということはめったにない。

反して、他人に認知されている方向音痴の人たちもいる。こういう人はたぶん、自分が方向音痴であることを知らないか、認めていない。だから迷い時間を計上しないで家を出て、わかりにくい場所にある店なんかだと、たいてい遅れてくる。心配になるくらい遅れてくることもある。ああ、あの人迷ってる、とみんなで言い合う。

自分が方向音痴だからか、方向音痴群のたどり着けそうにない場所、というのが、私にはよくわかる。待ち合わせの店に自分でも迷いながら着き、「あ、ここにあの人は自力ではこられまい」と思う。案の定、その人は遅れる。携帯に電話をすると、迷っていると言う。どこで迷っているかも私はわかる。

たまに、方向音痴たちが、迷うはずの場所に先に着いていたりする。「タクシーできたんだな」と私にはわかる。みんな、「あれ、今日は早いね」と方向音痴たちに口々に言う。「ぜったいわからないと思って、タクシーできたの」と、その人たちはにこにこと答える。今はナビゲーションシステムがあるから、彼らもタクシーに乗ればどこにでもたどり着く。それより以前は、場所の説明ができないから、タクシーには乗ることができなかった。私もだ。

駅から五分で着く場所に二十分かかり、それでも約束時間より早く着いてすましている私は、「あの人がここに迷わずこられるはずがない」「大通りまで出てさがしてきたほうがいいよ」「あの人があんな地図でわかるわけないじゃないの」と、他の方向音痴たちの心配ばかりしている。ますますだれも、私が方向音痴だとは思わないだろう。自分でも最近、方向音痴ではないような気がしはじめている。さんざん迷うせいで、歩数計の数字は毎日すごいことになっているんだけれど。

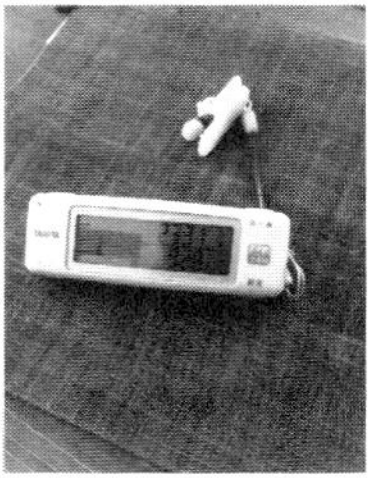

「朝なので、まだすごいことになっていない歩数計」

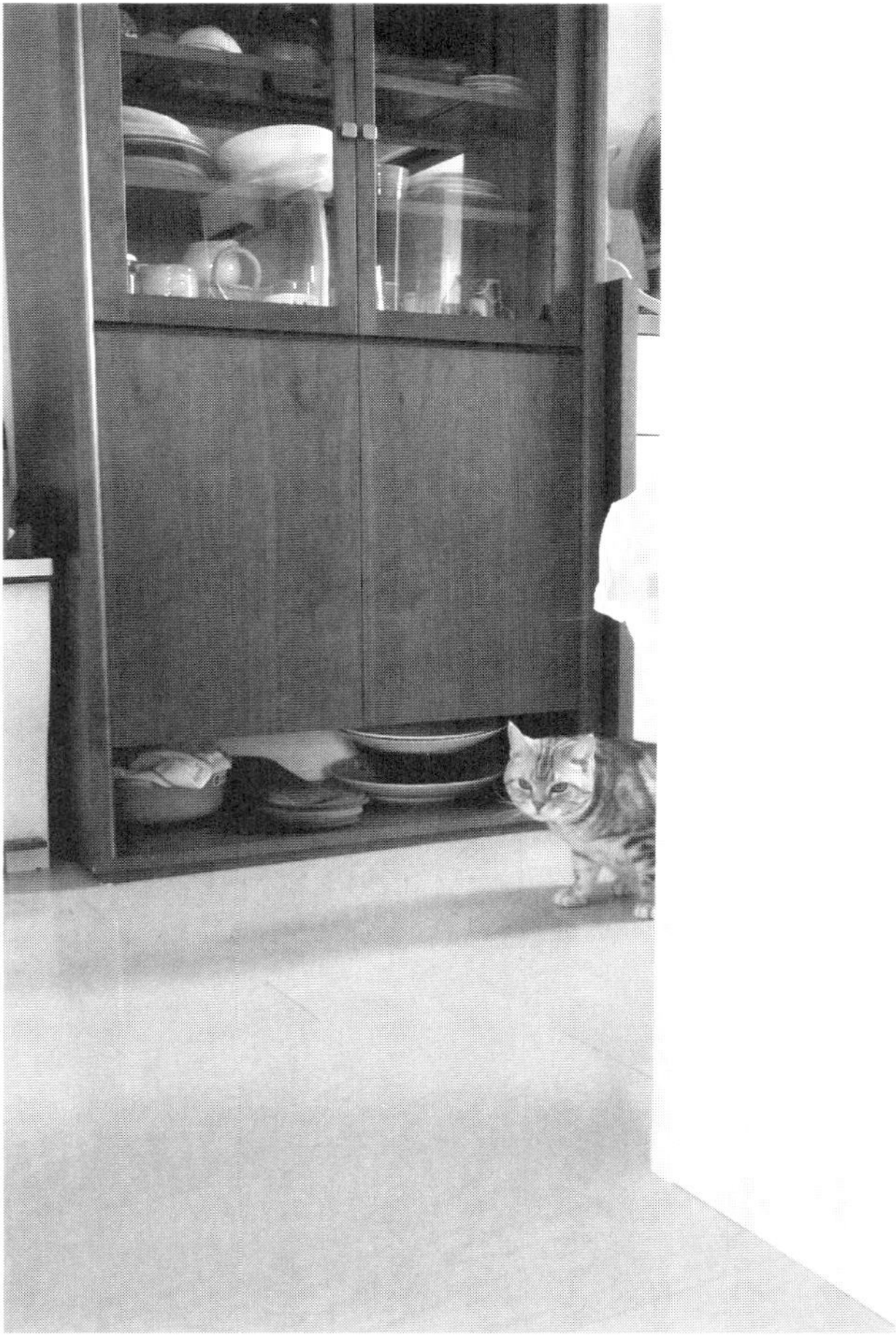

ああ訊《き》けない、でも知りたい

　同世代の女の人たちに、訊きたいのに訊けないことがある。それは、衣料品の衝動買いの、値段の上限である。必要に迫られてシャツを買いにいって、たまたま見かけたワンピースなりコートなりに目がいき、「いやー、かわいー」となり、「ほしー」となり、ごくさりげなく、値札をチェックする。このとき、一般的な人ならば、「よし、思い切って買おう」値段と、「いや、諦《あきら》めよう」値段の線引きがあると思う。その、線引き値段っていくら？　と、訊きたい。が、訊けない。

　訊けない理由は、その人の年収を訊けない理由と、違うけれどちょっと似ている。そんなこと訊くもんじゃない、というような思いがあり、自分よりうーんと高かったらなんか恥ずかしい、という思いがあり、自分よりうーんと低かったら訊いて悪かった、というような思いもあり、それらにくわえ、でも本当のことを答えてくれるかしら？　という思いもある。なーんか、訊けない。おそらく、訊かれたとしても、私もうまく答えられないと思う。答えたくないというより、さまざまな思いがいったりきたりし、さらにケースバイケースのときも多いから。店員のセールス術にもかかわってくるし。

先だって、おんなじことを食材で考えた。

ピーマンと牛肉が冷蔵庫にあったので、青椒牛肉絲《チンジャオニユウロウスー》を作ろうと思った。たまたま寄ったデパート地下の食料品売り場で、筍《たけのこ》水煮をさがしたら、あったはあったが、なんと値段が八百七十円。そんな、筍水煮の値段じゃなかろうよ、と思い、買うのをやめ、近所の、よくいく自然食品の店にいったところ、ここでは五百九十八円。これは迷った。うーん、迷った。

私の筍水煮上限値段は、三百九十八円なのである。五百円台はあまりにも高い。どうするか。青椒牛肉絲をやめて、ピーマンと牛肉を使うべつの料理にするか。しかし筍水煮の値段に動揺しているからか、思いつかない。私は手に取った五百円台の筍水煮を元に戻し、そっと、そーっと後ずさって店を出た。

その店からいちばん近いスーパーにいって、筍水煮をおそるおそる見ると、二百九十八円。上限に満たない額であることにほっとしつつ、こんなに値段の開きがあるのはなぜ？　安かろう悪かろう？　と不安になりながらも、しかし手はそのパックをつかみ、脚はレジへ向かい、気がつけば会計を済ませている。

さらに買っておきながら、私、ケチ？　どケチ？　と、びくびくしつつ家路をたどる。

ああ、いろんな人に訊きたい。あなたの筍水煮上限値段はいくらですか？　トマトは？　ソーセージは？　枝豆は？　豆腐は？　茄子は？　納豆は？

私のなかで、比較的上限値段が高いものはいくつかあって、それは、桃と牛肉と豆腐。この三つ、値段と味は比例すると私は信じている。といっても一個二千円の桃は買わないし、グラム五千円の牛肉は買わないし、五百円以上の豆腐も買わない。お金に糸目はつけないとはなかなか言い切れないものである。

「この猫もなぜか安い缶詰しか食べません」

魅惑のキッチングッズ

台所関係のアイディア商品を見て、「これはあったら便利かも」と思う、思うばかりか買ってしまう、ということは、多くの人が体験しているだろう。まったく、キッチングッズ界は人の気持ちを持っていくことに長《た》けた商品に満ちている。

「これがあったら便利かも」に負けて、この数年、私が買ったもの。ミルサー。シリコンスチーマー。だしポット。グリルに入れて使える鉄製パン。

最近ではなく、ひとり暮らしをはじめてからの歴史のなかで、「あったら便利」で買ったもの、もらったものには、レモン絞り器、ポテトマッシャー、にんにく潰《つぶ》し器、漬け物容器（漬け物を作ることのできる、バネつき容器）、丼《どんぶり》用鍋《なべ》、卵焼き専用パン、ホットサンドメーカー、魚焼き網、パスタサーバー、などがある。

「これがあったら便利かも」と思って買うとき、ほんの数パーセントの躊躇《ちゅうちょ》がある。

それは「もしかしたらぜんぜん使わなくなるかも」である。

先に挙げたキッチングッズのほとんどを、私はきちんと使っている。躊躇率の高かったただしポットなど、毎日使っているし、にんにく潰し器も今やないと困る。が、正直、使わなくなったものもある。魚焼き用の網は煙がすごいことになる場合が多くて捨ててしまったし、「これはぜったい便利」と信じて買った漬け物容器は引き出しの奥で眠っている。

つまり、賭《かけ》だ。一見とても便利そうなキッチングッズが実際便利かどうかは、賭。よく、「○○を買いたいが、実際に便利かどうか」と尋ねる人がいるが、この質問はあてにならないと私は思う。その便利さ不便さって、あまりにも個人的だからだ。

たとえば私が毎日使うだしポットだが、味噌汁《みそしる》を毎日飲まない人には不要なものだろうし、台所に煙センサーのついていない一軒家でなら、魚焼き網は重宝することだろう。この、あまりに個人的なところも賭っぽいと私は思う。

そしてキッチングッズは、どんどん、おそろしいくらいどんどん、新しく登場する。電子レンジでポテトチップスができるチップスメーカー。サラダの水切りボウル。あく取りブラシ。タジン鍋。三つの料理がいっぺんにできる仕切りつきのフライパン。焼きおにぎりを作る、ライスバーガーを作る、海苔《のり》巻きを作る、それぞれ専用のプラスチック容器。生涯ただ一度もライスバーガーを作ったことのない私でも、「あったら便利かも」と、思う。ほしいような気持ちになる。

わかっている。そのぜんぶ、本当に、あったら便利なのだ。ライスバーガーメーカーだってアイスクリームメーカーだって、あれば便利。問題は、それらを日常的に作るか否か。

我が家の台所は、もう充分便利だ。日々の調理に、もうなんにも困っていないのだ。圧力鍋もかまどさんもある。すき焼き鍋もひとり用の土鍋もある。なのにいったいどうしたことだろう、私は今、真剣に真空保温調理器の購入を検討している。少なくともライスバーガーメーカーよりは便利だろうと思いそうになっている。

ああ、なんて魅惑的な世界なんだろう、キッチン界って！

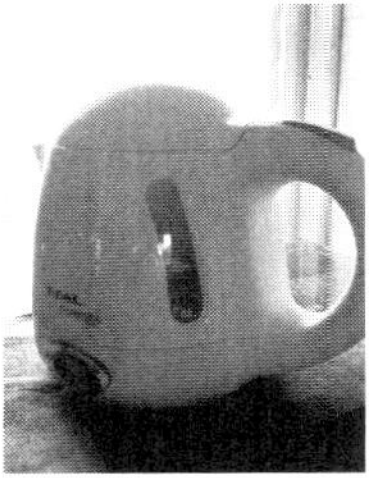
「この湯沸かしポットは買って正解の部類」

炭水化物祭り

もうずいぶん前のことになってしまうけれど、二月の終わりに開催された東京マラソンに、私、出たのである。某雑誌の編集部に、「走ってみませんか」と声をかけられたのである。走って、その感想を書いてみませんか、と。

私は毎週末、自主的に走っているが、今まで出た大会はハーフが限度、ハーフの感想は「フルはぜったい無理」のみ。だから、声をかけられたとき、ずいぶん悩んだ。三日悩んで、走ります、と答えた。思い返すに、「やるか、やらないか」と問われたとき、「やる」と答えてきたことが、圧倒的に多い人生である。そして「あのときやると言いさえしなければ……」と後悔することもまた、多い人生である。

と、いうわけで、人生初のフルマラソン挑戦だったのだが、フルマラソン前には体調を万全にするために、カーボ・ローディングと呼ばれる食事法を取り入れるとのぞましい、と言われている。本番一週間前から四日間、炭水化物の摂取を控え、三日前から当日まで、今度は炭水化物中心に、食べる。そうすると、レース時に必要な持久力が、体に蓄えられるらしい。初心者の私は、もちろん素直にそれをやってみた。

もともと私は夜は家でも外でも酒を飲むので、炭水化物を食べない。だから楽勝だろうと思っていた。しかも私はごはん党でもパン好きでもないので、朝バナナ、昼ハンバーグステーキのみ、夜つまみ何品か、でまったくしあわせなのだが、しかしそれにしても、腹の減り具合の速さにはびっくりした。昼に、あれだけがっつりとハンバーグを食べたのに、三時過ぎにはもうおなかがすいてへろへろなのである。

私は待った。フルマラソン当日には近づいてほしくないが、しかし炭水化物解禁の日が待ち遠しい。本番までの三日間は、ごはんを食べてよい、というよりは、ラーメンライスのような「ザ・炭水化物！」祭りがのぞましいらしい。

本番三日前、四日間我慢した炭水化物解禁の昼ごはんどき、私が真っ先に食べにいったのは、カレーうどん。じつは積極的に選んだのではなく、天丼とか、オムライスとか、炒飯とか、お好み焼きとか、悩むうち、もう何がなんだかわからなくなって、はっと気づいたらうどん屋でカレーうどんを食べていたのだった。「海鮮丼じゃなくてよかったんだろうか、カレーはカレーでもカレーライスじゃなくてよかったんだろうか、本当はラーメンが食べたかったんじゃないか」と、それまでの飢えを炸裂《さくれつ》させながらうどんをすすった。しかしそのうどんの、うまかったこと！　炭水化物って、甘いんだなあとしみじみ思った。

しかし、炭水化物の腹持ち具合って、ほんと、すごい。知らなかった。

と、なんだか食べ物の話しか書かなかったが、初フルマラソン、自分でも信じがたいことに、ちゃんと走りきることができました。炭水化物のおかげです。

「レース前のスタート地点から」

歴代買いものメモ話

部屋も机も、なんでも片付けが苦手だが、鞄《かばん》もまた、きちんと整理するということができない。鞄には、何年も前に居酒屋でもらった飴《あめ》や、一度会っただけの顔も思い出せない人の名刺が五十枚くらい入っていたりする。送ってもらった会食場所の地図コピーも複数入っている。さらに多いのが、みずからの書いた買いもののメモ。これは鞄だけでなく、ジーンズや上着のポケットにも入っていることもある。

私はたいがい仕事中にその日の献立を決める。五時に仕事を終え、商店街で食材を買って帰るのだが、献立を決めても何を買うべきか覚えられないので、必ずメモするのである。

たとえば、今、鞄から出てきたメモを二例紹介すると、こんなふうである。

「魚（鯖《さば》か鯛《たい》）　キャベツ　茄子《なす》　椎茸《しいたけ》　豆腐　トマト水煮缶　クリーニング　洗剤」

無印」

「餃子《ギョウザ》（海老《えび》　蓮根　しそ）冷麺《れいめん》　キムチ　豚ヒキ200（あした）　くだもの　無印」

と、実際に書き写してみて、いや、おもおもしく「二例」などというようなシロモノでもないな、と思いもするが、まあ、こんな感じのメモが、ずっと入れっぱなしになっている。入れっぱなしになっているから、当然溜《た》まり、買いものにいってメモを取り出すと、それは三カ月も前のものだったりする。「はあ？　なんで今ごろウドなわけ？」と眉間《みけん》にしわを寄せ、「これは三月のメモだ」と、はっと気づくという次第。

そういうメモをしないと、何を買いにきたのかわからなくなるくらい、私は記憶力が弱いのだが、おそらく弱いために、記録魔的なところがある。以前もここで書いたが、家計簿には毎日の献立が書き連ねてある。携帯電話のアプリで毎日の体重も記録しているし、外食先の店も記録している。毎週末、マラソンをしているのだが、何キロ走ったかも記録している。記録だらけ。三日坊主《ぼうず》という言葉があるが、私はその対極で、家計簿に至っては十五年ぶんくらいあるし、体重メモは三年前からある。

あまり使っていない鞄、一度着ただけでクリーニングに出さなかった上着のポケットなどから、三、四年前の買いもののメモが出てくることもある。あまりに前のことすぎて、いつのメモなのか、まったく思い出せない。そこに羅列された食材なり、献立名なり、いくべき店名などをしばし見ていると、あぶりだしのように、遠い遠い日が、ゆらりと立ち上ってくる。それがはっきりしたところで「あ！　ああ、ああ」と深く納得したとたん、複雑な感慨がブワァとあふれる。なつかしいのとはちょっとちがう、そういえばそんな日があり、そんな日の私はそんな一日に懸命だったなあ、と、いうような気持ち。こういう気持ちを味わうために、メモをとっておいている……と書きたいが、そうではない。ただたんに、鞄の整理のできないずぼら女というだけである。

「そのために常備してあるメモ帳」

家電ニュースター

機械音痴のくせに、家電好きである。大型家電店、大好き。

ちょっと前から、ほしいな、と思っていた家電製品がある。それはホームベーカリー。仲良くしていただいている男性作家氏が、昨年から愛用しており、パンがうまい、うまい、と言う。もうパン屋でパンを買わなくなったなー、と言う。え、そんなにおいしいのなら私も……と思いつつ、でも、手を出さなかったのは、うちの近所においしいパン屋がひしめいているから。パン屋のメッカというわけでもないのに、四、五軒の「すごくおいしい」パン屋が、歩いていける距離にあるのだ。いくらおいしいといっても、市販品にはかなわないだろうという思いがあった。

でも、なんとなくほしい、とうっすら思っていた。パンと餅《もち》、それだけじゃ足りない。何かもうひとつ、私の購買意欲を煽《あお》る何かがないと手が出ない。

私はこういうとき、自分の貧乏性を思い知る。いくら便利でも、ひとつやふたつの用途じゃ、いやなのだ。フライパンを買うにも、「焼くだけでなく、これひとつで、蒸す、揚げる、煮るができるのか。そんなら買ってもいいか」と、なるのである。いちばん最近（といっても二年前）買った台所家電製品は小型のミキサーだが、これまた、「煮干しを砕いて出汁の素ができる」「ピーナツを砕いてピーナツ和《あ》えができる」「果物を砕いてジュースができる」「鰹《かつお》節を砕いてふりかけができる」と、できることをトランプ札のようにためて、ようやく購入に踏み切った。

パンと餅では、そんな貧乏性をいかにも満足させなかった。

ところがである。きたのだ、有効なトランプ札が。

この作家氏が、何かのついでにぽろりと言った。「パスタもうどんもうまくできるんだよ」と。

パン、餅に加え、パスタ、うどん！　早く言ってくれ！　俄然《がぜん》興奮した。だって、うどんができるってことは、ピザ生地も、餃子の皮も、中華まんの皮も、練るところまではできるはず。おお、一気に増えた、手持ちの札が。よし、買って損なし。

かくしてその週末、私はいそいそとホームベーカリーを買い求めにいったのである。よほど買う理由がほしかったのだ。

まず作ったのは、パン。パンにはさほど期待していなかったのだが、びっくりした。だって材料を入れてスイッチを押すだけで、勝手に焼き上がるじゃないか。しかもおいしい。パン派でなくとも、感動する。

　さらにうどんを作り、中華まんを作っては、感動している。そして気づいた。「市販品にはかなわない」という、当初の私の予想はまったくもって正しい。うどんだって中華まんだって、おいしいものがいくらでも売られている。パンだって然《しか》り。でも、真にほしいのは、「すごくおいしいもの」ではないのだ。おニューな家電製品と、それを用いて何かする手間、できあがる感動こそ、私はほしいのである。ちなみに、うどんも中華まんも、パンと同様、ごくふつうにおいしいです。

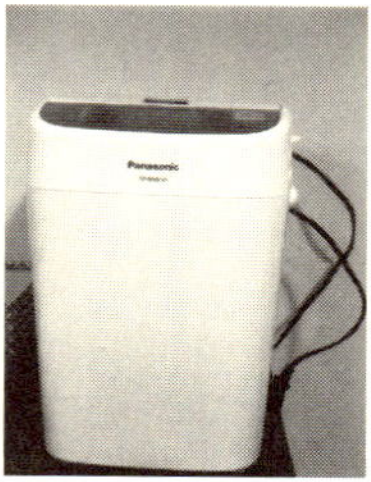

「これがうちのニュースターです」

得手があり不得手があり

得手、不得手というものがある。得手のものは、無意識にこなしていてそれが得手だと気づかない。ずーっとやり続けていても苦にならない。私の場合は料理。プロ並みに料理上手、という意味ではない。生姜《しょうが》焼きを作ろうとして叉焼《チャーシュウ》ができあがったりはしないし、二時間くらい料理をしていてもつらくない、という意味での、得手だ。

得手は気づかないが、不得手は否《いや》が応でも気づく。みんながふつうにできていることが、どうしてできないのか。くやしく、なさけなく、ときに時間も無駄なのだが、できない。

私の場合は手続き系が大の不得手。銀行に支払いにいこうとして、必要な印鑑を忘れる。印鑑を取りに戻って、届出印ではない印を持っていく。また戻ってきて、ただしい印鑑を持ち、今度は必要な通帳を忘れる。何かひとつやろうと思うと、銀行と家を、三回も四回も往復しなければならない。

得手なことは、ほかのみんなもそうなんだろうなと、無意識に思っている。みんな料理が嫌いではないし、ケーキを作ろうとしてどら焼きを作ったりはしないんだろうな、と。が、不得手なことは、自分だけが不得手だと知っている。みんな、銀行と家を何往復もしているんだろうな、とは思わない。みんなができることが、私だけできない、と知っている。

チケット購入も、手続き関係に含まれる。コンサートやお芝居のチケットである。私が学生だったころは、電話をかけてチケットを予約し、指定された店にとりにいけばよかった。ところがチケット購入にパソコンが使われるようになって、何をどうすればよいのか私はちっともわからなくなった。わからなくなったから、買わなくなった。どうしても見たいお芝居や、どうしてもいきたいライブは、友人に頼んでチケットを買ってもらう。仕事関係の人から譲ってもらうこともある。

先だって、自分でチケットを買ってみようとはじめて思い立った。二十年ぶりくらいである。インターネットで調べると、なんとじつにかんたん。会員登録をして、ネットで申しこみ、コンビニエンスストアにそのチケットを受け取りにいけばいいのだ。なーんだ、かんたんじゃーん。何を敬遠していたの。自分を笑いつつ手続きをすませ、コンビニエンスストアに向かった。

しかし発券機が入力せよと言っている番号が、何かわからない。真夏の炎天下、私は家に戻り、予約番号というものをメモし、またコンビニエンスストアに出かけ、さらに会員番号というものも必要だと発券機に告げられ、すごすごと家に帰り、玄関でうずくまって泣きたくなった。

チケットを買いたいだけですよ。もらったり奪ったりするんじゃない、自分のお金でほしいチケットを買おうとしているだけですよ。なのになぜ、鳥肌が立つくらい熱い空気のなかを、何往復もせねばならない。いや、わかっている。私がそれを不得手だから、せねばならぬのだ。

ようやくチケットが買えたときの達成感は、フルマラソンを走ったときよりでかい。

「やればできる、人並みにできる」、噛《か》みしめるように思った。この安易かつちびっこい成し遂げた感は、不得手だからこそ味わえるヨロコビなのである。

「これが苦労して買ったチケット」

およばれごはん

他人が作るごはんって、本当にいちいちびっくりする。自分のあたまのなかがいかに狭いか、毎回思い知らされるのだ。人は、思いもよらない組み合わせで料理を作る。

数年前、担当編集者の奥さんが作ったお弁当を食べる機会があった。お昼の時間の野外の仕事で、その「野外」が食堂一軒ない場所だったので、持ってきてくれたのだ。このお弁当に、かぼちゃとシシトウとじゃこの炒《いた》めたものが入っていた。私はその「かぼちゃ」「シシトウ」「じゃこ」の組み合わせにまず驚き、炒めるという調理法に驚いた。この人の奥さん、なんて自由な発想の人だろうとしみじみ感動した。私の料理では、かぼちゃは単体で調理する（蒸す・煮る）か、せいぜい鶏挽肉《とりひきにく》と煮る、チーズのせて焼く、くらいの発想しかなかったのである。

私は料理を覚えたのが二十代後半と遅く、しかも、ほとんど料理本で覚えているから、私の作る料理にはすべて正式おかず名がある。餃子とかビーフストロガノフとか鮭《さけ》南蛮とか、だれもが料理そのものを思い浮かべることのできる、おかず名称である。

幼いころから料理になじんできた人は、正式おかず名のないものを作る。「冷蔵庫にあるものでぱぱっと」というのは、そういう家庭料理の達人にこそできる技なのだ。

先だっておよばれしたおうちでも、食べたことのない（正式おかず名が思い浮かばない）ものばかりが登場し、そのいちいちがおいしくて、「これどうやって作るの」を連発し、ほとんどすべての料理の作り方を教えてもらった。まったく私が想像すらしたことのないものばかりだった。一例をあげれば味噌とマヨネーズを混ぜたソースを海老にのせて焼くだけという、簡単オードブル。白味噌ではないふつうの味噌とマヨを合わせるってのも、それを海老にのせるってのも、新鮮。

あんまりにもあれこれおいしかったので、翌日すぐ、教わったうちの一品を作ったのだが、よくばってほとんどすべての料理レシピを聞いたものだから、うろ覚えで、そのおうちの味にはほど遠いしろものができあがった。あんなおいしい名もなきおかずを、次々作り上げる人って、本当にすごいよなあ。

私は料理好きだと公言しているが、そういう自由な発想はまるでできない。創作料理ができないのである。漫画やアニメのキャラクターをそっくりそのまま描けて、

「うまいね!」と褒められても、自作漫画はとうてい描けないタイプなのだ。本当にすごいのは、名もなきおかずを作ることのできる人たちだと、人のごはんをごちそうになるたび、実感する。

小説を書いていると、自分自身が限界だとつくづく思い知らされる。自分の想像以上のところまで、想像も筆も及ばないのである。料理も、その点はまったくおんなじだ。人んちのごはんをごちそうになるのは、その人の自由なあたまのなかを見せてもらうようなたのしみがある。そうすることで、自分のあたまも、ほんのちょびっと解き放たれるのである。

「限界を広げるためにせっせと外食もせねば」

勝負メニュウ

お店の人ではなくて、お客さんが決めるのだろうけれど、たまに飲食店には、その店の勝負メニュウというものがある。

たとえば私がよくいく近所の定食屋。基本的には中華料理屋で、メニュウにはラーメンや焼きそばがあり、定食も中華風のセットが多いが、親子丼やオムライスなどもある。そしてこの店は、カツ丼が非常に有名なのである。お店の人が、とくにカツ丼に力を入れているというのではない。ほかのものだってなんでもおいしい。でも、お客さんの八割がカツ丼を頼む。私もこの店にいくたび、今日は中華丼にしようとか、日替わり定食にしようとか思うものの、注文をする段になって「やっぱりカツ丼」と言ってしまう。本当においしいのだ、カツ丼。カツ丼はこの店の勝負メニュウと言えよう。

この店のように料理すべてに当たり外れがなければいいが、勝負メニュウのある店は、ごくまれに、勝負メニュウ以外はいまひとつ、というところもある。

もっのっすっごくおいしいと教えてもらったラーメン屋さんにいき、まず基本と思ってラーメンを注文したものの、そんなにすごいわけでもない。教えてくれた友人に、「そんなでもなかった」と正直に伝えると、「あそこはタンメンが有名なんだ、タンメンを頼まなきゃダメじゃないか」と言われて、ガーンとなることも多い。

そんなことがあるから、その店の勝負メニュウに私は敏感だ。先の定食屋のように、カツ丼が勝負メニュウとわかっている場合はいいが、わからないことも多い。そういうときはほかの人の食べているものを無遠慮に眺めて判断するようにしているが、なぜかそういうときにかぎって、まだ注文の品が出ていなかったり、すでに食べ終えて空き皿がテーブルにあったりする。

いや、本当は、自分がそのとき食べたいものを注文すればいいのである。そう思うのに、私は小心なのか、ついつい「この店の勝負メニュウは……」「今私はポークソテーを食べているが、勝負メニュウがビーフシチュウだったらどうしよう」などと、思ってしまう。

まったく勝負メニュウなど気にしないという強者《つわもの》もいる。

その店はあんかけ炒飯《チャーハン》が勝負メニュウなのである。わざわざそのあんかけ炒飯を食べに、遠方からお客さんがやってくるくらい、有名なのである。その情報を教えてあげた友人がその店にいったと言う。あんかけ炒飯どうだった？　と訊くと、「それがね、天津飯《テンシンハン》食べちゃった」などと答えたりする。「まあまあだったよ」と感想まで言ったりする。モーッあんかけ炒飯だってばーッ、と怒りつつ、すごいなあ、とかすかな尊敬の念も抱く。

しかしながらよく考えれば、勝負メニュウなどまったく考えない人のほうが多いのかもしれない。蕎麦《そば》屋でうどんを注文する人、ステーキ屋で海老フライを選ぶ人、鮨《すし》屋で生ものが食べられないと言い出す人、いろいろだもんなあ。私もそんな強さがほしい。

「これがかの有名なカツ丼」

深夜の至福

ラーメンという食べものを、とくべつ愛しているわけではない。嫌いではないが、ラーメン好きだと公言するほど好きでもない。有名店の行列などには一度も並んだことがない。

だからたいへん不思議に思う。なぜ深夜、飲酒後にあれほどラーメンが恋しくなるのか。

しこたま飲んで、帰るとき、ふと、小腹が減っていることに気づく。もしかして妄想かもしれないが、でも、なんだか減っている気がする。この小腹を満たすものとして思いつくのは、かならずラーメン。ラーメン食べて帰ろうかな、と思う。思ったとたん、脳内から快楽物質がほとばしり出るような、幸福な気持ちになる。でも、だめだめ。こんな時間に食べたら太るに決まっている。たった数分の快楽と引き替えに、一カ月かかっても落ちない二キロを引き受けるのか。その葛藤《かっとう》が、なおのこと愛を深める。

この深夜ラーメン愛は、私だけのものではないらしい。私の周囲では男性に多い。そして男性がたは、思うに私たち女性陣よりも心のストッパーが軽い。愛に命じられるまま、おとなしくラーメンを食べる人が多い。結果、三十代、四十代の彼らは、かつての面影が押しつぶされそうな勢いで大きくなっている。それを見ているから、私の葛藤はより深くなる。

私の場合、たいがい理性が勝つ。十年前なら急激に増えた一キロ、二キロの体重など、すぐに落ちたが、本当に元に戻りにくくなったと実感しているので、「食べたい、でもだめだ、食べたいがだめだ！」と己に言い聞かせて家に向かってダッシュするのである。

が、ときどき、理性も吹っ飛ぶくらい酔っているときもあって、こういうときは、負ける。気づくと、ニヘラーッとラーメンをすすっている。ああ、このときの至福。

いつだったか、ラーメン屋にいったものの、いったことすら覚えていないことがあった。いっしょにいった友人が「昨日は負けてしまったね」と言って、深夜ラーメン発覚に至ったのであるが、しかしこのときほど悔しかったことはない。食べた記憶がない、至福の記憶がない、なのに、脂肪だけはしっかりと残り、事実体重は増えている。どうせ増えるのなら、せめて幸福感を覚えていてほしいではないか。

深夜ラーメンで不思議に思うのは、「ラーメンならばなんでもいい」とくるおしく思うところだ。とんこつでも味噌でも、いや、たとえおいしくなくたって、蕎麦でなくてお茶漬けじゃなくてラーメンであればいいのだ。こういうことを踏まえてか、深夜まで営業しているラーメン屋というのは、すごーくおいしい、ということがないおいしくないところも多い。それなのに、深夜ラーメン族は、満足するのである。

記憶にないラーメン屋に、このあいだ、件《くだん》の友人と再訪してみた。果たして意識が明瞭《めいりょう》なときに食べたらどんな味がするのだろうと思ったのだ。

……やはり、なんということのない味であった。

「証拠写真……」

弁当熱その後

もうどのくらい前か思い出せないくらい前のことだが、この欄に、「弁当箱を買った」というエッセイを書いた。そのとき私は弁当を作る誘惑と闘い、結局「のちのち弁当作りは義務となってつらいだけ」と自身に言い聞かせて、弁当箱にはごはんだけ詰めて仕事場に通っていた（おかずは総菜を買っていた）。

その半年後くらいだろうか、ついふらふらと弁当を作ってしまった。作ったら、なんと、たのしいではないか。しかも、前日の残り物がきちんと片づいて、食べものを捨てる罪悪感からも免れることができる。まあ、いやになったらいつでもやめよう、とゆるい気持ちではじめた弁当作りであるが、そののち、なんとずっと続いている。

もちろん、前日午前三時まで飲んで帰宅、などというときには弁当は作れないわけだが、それでも平均して週に四回ほどは弁当を作っている。弁当生活は五カ月目に突入しようとしているが、まだつらくなっていない。というよりも、まだまだたのしいのである。

たのしいままの理由はかんたん。だれかのために作っているわけではないからだ。弁当を見るのも食べるのも自分だけだから、彩《いろど》りや偏《かたよ》りに気を配る必要がない。昨日の残りの肉じゃがを入れようが、おかずがおでん種だけだろうが、作り置きしてある切り干し大根を毎日毎日毎日入れようが、まったく問題ない。

弁当作りをはじめる前は、「蓋《ふた》を開ける前から中身がわかっている弁当など、つまらんわい」と思っていたのだが、弁当のたのしさは福袋みたいなスリル的たのしみとはまったく異なるということも、最近理解した。作ることがそもそも、たのしい。中身も味もわかっていても、それを食べるのがまた、たのしい。明日は何弁当にしようかなと考えるのも、たのしいのである。義務でないかぎり。

中高生のころ、決まって心を引き裂かれた弁当メニュウがあって、それは「ドライカレー弁当」。詰めたごはんに、挽肉のドライカレーが敷き詰めてある。私が野菜を嫌いだったため、彩りのブロッコリーだのトマトだのはいっさいなし。つまり蓋を取ると、全面真っ茶色。

思春期の女子弁当に真っ茶色はタブーである。弁当箱の蓋を開けたとたんに、女子はその真っ茶色具合に傷つく。しかしドライカレー弁当、すんごくうまいのだ。「うまい、しかし、真っ茶色」に心を引き裂かれつつ弁当を完食し、帰って母に「あんな真っ茶色のお弁当はやめて！」と理不尽に怒るわけである。

ドライカレー弁当、そのうち作ってみようと目論《もくろ》んでいる。うまけりゃいいのだ、彩りなんていらんのだと、四十歳を過ぎてようやく私はその真っ茶色弁当を満面の笑みでむさぼり食えることだろう。

「こんな感じの弁当です」

捨てる人捨てない人

友人のおうちが雑誌に出ているというので、早速買ってみたら、それは「捨てる」特集だった。いろんな不要物を捨てて捨てて、すっきり暮らしましょう、というもの。友人も、不要物をたくさん捨てたすばらしくきれいなお部屋で笑っていた。

私はその特集をじーっくり読み、「よし」と立ち上がった。ゴミ袋をあたらしく取り出し、それを手に、家じゅうをうろつきまわった。私も何かを捨てたくてたまらなくなったのである。

私の母はなんでもかんでも捨てる女だった。散らかっているのが大嫌いで、リビングや食卓といった共有スペースに私物を出しっぱなしにし、注意されても放置しておくと、学校教材であっても捨てられた。母は、ひとり暮らしをはじめてからは、もし自分が死んだら遺《のこ》された人がたいへんだからという理由で、またしてもなんでも捨てた。着ない服も思い出の品も子ども時代からの写真もぜんぶ。だから亡《な》くなったのち、遺影に使える写真がなくてたいへんに困るくらいだった。

そういう親に育てられた場合、子どもはふたつに分かれるだろう。親を見習いなんでも捨てる子と、反動でなんにも捨てない子とに。私は前者だと、ずっと思っていた。そもそものにあまり執着がない。「いつかきっと使うから」と、きれいな包装紙やリボンを大量にとっておいてある人がいるが、そういう話を聞くと、かすかにぞっとするほどだ。

けれど。雑誌に触発されて家じゅうさまよって、ゴミ袋は空のまま。八年前に買って、今夏は着なかった服を見て「でも、来年着るかもしれない」。ヒールが高すぎて履けなかった靴を見て「数回しか履いてないのに捨てられるか」。この三年、使った記憶のない丼《どんぶり》用鍋《なべ》を見て「来週親子丼が食べたくなるかもしれない」。だれにもらったのかもはや思い出せないくらいずーっとそこにある芋焼酎《じょうちゅう》を見て「いただきものは捨てられない」。二十代のときに使っていた（安物しか入っていない）アクセサリー箱を見て「わーなつかしい（と見入るだけ）」。結局、あたらしく取り出したゴミ袋に入ったものは、賞味期限切れの食材がいくつか。それだけ。

捨てる人と捨てられない人を、極右（包装紙までとっておく）、極左（私の母みたいな人）に分けたら、私は右でも左でもないのだろうが、どちらか二つに分けるとするなら、やっぱり捨てられない側らしいと、この特集を見てはじめて気づいたのである。なんたること！　捨てる特集を見なければ、自分が捨てられない側だと気づかずすんだかもしれないのに……。

私んちはとにかくものがないので、ごたついているという印象があまりない。しかし、本棚、クロゼット、食料引き出し、等々、いちいち開けてじーっと見れば、やはりそれぞれにちいさくカオスである。捨てないからカオスである。以前は自慢げにここに書いたが、二十年近く前の『オレンジページ』だって、「だってこの料理、おいしかったんだもん。レシピなかったらもう二度と作れないかもしれないんだもん」と、捨てられないのだ。そういう人のために、オリジナルファイルがあるというのに、そういうこともせず、切り抜きもせず、雑誌ごとそのままとってある。認めます。ええ、私は捨てられない派です。

しなくてもいいらしい

年末は、三日がかりほどで大掃除をする。二十九日、三十日、三十一日の夕方まで。その日、何をやるかをあらかじめ決めておいて、やるのである。

年末に大掃除をする、ということについて、私は何ひとつ疑ったことがない。ものごころついたときから目にしていた光景だからだ。疑ったことがないというのはつまり、好き、嫌いにかかわらず、自動的にやる、やらねばならん、ということである。冷静に考えれば、三日間も掃除などしたくないし、そんなに懸命に掃除したって一週間後にはすぐ散らかり、汚れる。でも、やる。そういうものだからだ。

日本全国、すべての家庭、すべての人がそうなのだと、これまた私は疑いもしなかったのだが、なんと友人が、「え、大掃除なんかしないよ」とへろりと言ったので、心底驚いた。

年末に、大掃除をしない人がいるのである！　彼女は夫と二人暮らしなので、その夫も、年末に掃除をするという習慣がないのであろう。年末に、大掃除をしない人が、二人もいるということだ。

あんまり驚いたので、「それじゃいつ大掃除するの？」と訊《き》いた。すると彼女、「えっ」と驚き、しばらく考え、「大掃除なんか、しない」との答え。「えーっ、一生しないの？」と訊くと、またしばし考え、「うん、一生しないと思うよ」とのことであった。

もちろん彼女だって大掃除でなく、小掃除ならしているだろう。それでこと足りる、というわけだ。

私は彼女の「一生大掃除をしない」発言を聞いてから、何か人生観が変わったような気がしている。大掃除って何かといえば、ふだんは掃除しないところもすごくたくさん掃除する、ってことだ。我が家の場合は、冷蔵庫内とか食器棚内とか箪笥《たんす》内とか、ベッドの下とか机の引き出しとか、あとはカーテンを洗ったりとか。でもそういうことを、本当はしなくてもいいのだ。しなくたって死なないし、新年はやってくるのだ。くるくると働く三日間、のーんびりと本を読んでいて、いっこうにかまわないのだ。そう思うと、大げさなようだが、頭がしびれるような衝撃を覚える。

考えてみれば、年末に大掃除をする習慣を持つ国民は、日本人だけなのではなかろうか。そういえばアメリカ人に「大晦日《おおみそか》何してた？」と訊かれ「もちろん掃除だよ」と答えて、？な顔をされたことがある。たしかに、そういう習慣がない人にとったら不思議だろうなあ。

年末が近づくにつれて、大掃除をしなくてもいい、しなくてもいい、しなくてもいい、とくりかえし自分に言い聞かせているのだが、きっと今年もつい、してしまうんだろうなあ。四十数年続いた習慣を捨てることは、かくのごとく難しい。

というよりも、もっとこまめに小掃除をすればいいのか……。

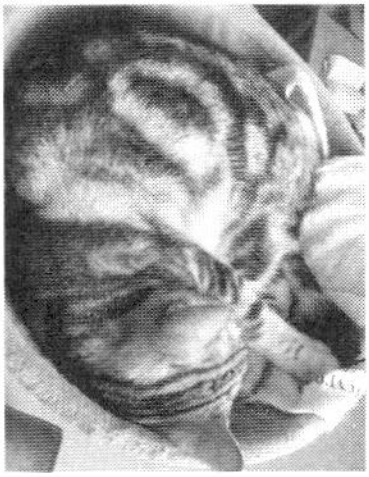

「この人も一生大掃除と無縁だろう」

初ぎっくり腰

ぎっくり腰。

以前から、有名なその名は聞いていた。くしゃみをしたり、荷物を持ったときに「ぎっくり」ときて、そのまま動けなくなるらしい。そういう話を友人知人から聞きながら、「動けないって、そのあとどうなんの?」と思っていた。みんな、そのつらさばかり強調して、動けないことにどのように対処したのかまでは話さない。「動けないって言ったって、今あなたはここにいるんだから、なんとかして動いたわけだよね」「つまり、動けるわけだよね」と、これも内心で思っていた。

動けないほど痛いが、でも、動けて、だから今こうしてそこにいて、話している。つまり、あんまりたいしたことないんだろうナ、と思っていた。そりゃ、痛いは痛いだろうけれど、その痛みのすさまじさより、ぎっくり腰に「なった」ことのほうに、みんな重点を置いているのだろうナ、と。

なめていました。何ごともそうだが、私は自分が知らないことはたいていなめている。そしてたいていのことは、知らないのだ。花粉症もインフルエンザも牡蠣《かき》にあたったりするのも。

仕事で大阪にいった帰り。新幹線の改札で、その場に残る編集者に別れを告げるためふりかえったら、ミシリと腰に重い衝撃。全身に電気が走ったようになり、動けない。改札の向こうにいた女性編集者が「カクタさん、それはもしや」と言う。感じたことのないその痛みに、私も、まさかぎっくり腰？　と思ったが、腰を動かさないように上半身全部をまわすと、動ける。私がぎっくり腰になるはずがない。平気ですと言い、ホームに上がり、列車に乗りこんだ。

腰の位置を変えなければなんとか座っていられるが、背もたれに寄りかかるともう痛い。なんだこれ。でもまあ、ゆっくり風呂《ふろ》に浸《つ》かれば明日にはなおっているだろうなあ（まだなめている）。明日は土曜日でランニングの日だけど、十五キロは走らずに十キロ程度にしておこう（なめきっている）。

そしてその日、風呂にゆっくりと浸かり、明日にはなおってますように、と眠った。

翌朝、ベッドから起きようとして体がまったく動かず、出すつもりもないのに「イデデデデデ」と声が出て、本当にびっくりした。なおるどころか、痛みは五倍くらいになっている。起き上がることができない。一枚のベニヤ板をそっとベッドの下に落とすようにベッドを下り、泣きそうになりながら着替え、整形外科にいった。ぎっくり腰と俗に言う、あれですね、という診断であった。湿布と痛み止め薬をもらって帰ってきた。風呂であたためるなんて言語道断だそうである。ぎっくり腰は炎症だから、冷やすのがただしいらしい。

さらにさらに驚いたのは、この痛み、なんと十日ほど続くのだ。もちろん、じょじょに楽になってはいく。楽になったとき、つい忘れて動いてしまうとまたミシリとくる。

こんなにも痛い世界があったのか。世のなかって、ぎっくり腰のない世界とある世界が同時存在しているんだなあとしみじみ思った。

私はついに、知ってしまった、それがある世界を……。

「なおったのち、仕事で台湾にいきました」

空港食欲

日本国内のでもいいし、国外でもいいが、空港って、不思議と食欲を刺激すると思いませんか。食欲というのは、空腹、ではなく、もっと脳内の欲だ。「おなか減ってないけどなんか食べたい」「なんか食べとかないと」というような、欲。

成田や羽田は空港内に洒落《しやれ》たレストランがたくさんあって、また売店も多く、私は欲にまみれてついぎらぎらした目つきになる。当分食べられないから鮨か、いや、蕎麦か、いや、あの店のオムライスがおいしそうだ！　心は千々に乱れる。

海外の空港も然り。到着した目的地の空港ではよもや何か食べたりはしないが、乗り継ぎがあると「果たして何か食べる時間はあるか、否か」とまず思う。これから機内食が出るとわかっていても、「今食べておいて、機内食を断ろう」と思う（そして結局、機内食も食べる）。

空港のレストランやカフェは、とくべつおいしいというわけではない。平均的な、ファストフード的な味の料理が多い。それはどこの国でもそうだろうと思う。その町に出ていけばもっとおいしいものは食べられるし、乗り継ぎならば、機内食で我慢して目的地に着いてからゆっくり食べにいったほうが、断然いい。なのに、食べておこうと思う。思ってしまう。

先だって、シンガポールで乗り継ぎをした。次の搭乗時間まで、しかし二十五分しかない。友だちに頼まれている買いものもある。「食べる時間はあるか、あるか、あるか」と唱えるように思いつつ、空港内を駆けまわって買いものをすませ、「よしごはん、ごはん、ごはん」とつぶやきながらフードコートをさがした。

出発ロビーの上階にあった。しかも、とんこつラーメン屋、シンガポール料理屋、タイ料理屋、インド料理屋、と魅惑のラインナップでテナントが並んでいる。ぐむー、と悩みつつ時計を見ると、あと十六分ほどしかない。ここはシンガポールだ、インドカレーやとんこつではなかろうと意を決し、シンガポール料理屋のおねえさんにつかみかからんばかりの勢いで「時間はかかりますか」と訊いた。おねえさんは少々脅《おび》えた顔をしつつ「七分で出せます」とやけに細かく答え、私は必死にメニュウをめくり「あれもいいこれもいい、が、迷っている時間はない！」と心で叫び、「これにします！」と麺《めん》を指した。七分で麺が出てくるなら、余裕で食べられる。

　あと残り十分、というとき麺が出てきた。猛然と私は食べはじめ、食べはじめながら、「ああ、あんまりおいしくない」と思っていた。こんなに走りまわり、こんなに夢中になって、こんなにがんばってありついた麺が、おいしくない。その現実に耐えられず、私は「おいしい」とちいさくつぶやいてみた。「食べたかったんだ、このちょっと甘いようなしょっぱいようなスープと、米のつるっとした麺、旅行中、ずーっと食べたかったんだ、よかった、この短い時間内に食べられて」と、これは心のなかでだけ、言う。食事を終えて搭乗ゲートまで走った。このときにはすでに、「よかった、シンガポールらしい麺食べられて」と私は幸福な気持ちであった。こわいな、空港マジック。

「これが、その麺である。
うん、おいしかった」

その言い訳は

言い訳が必要なごはんってのが、世にはある。

私の場合は、ふぐとハモ。近所の和食屋さんに、初夏になると「鱧《はも》はじめました」、秋になると「ふくはじめました」と書かれた紙が、貼《は》り出される。みごとな達筆で書かれたこの貼り紙を見るたび、わくっとする。食べなきゃ、と思う。鱧って漢字も、「ふく」って表記も、こちらを興奮させる作用がある。それで出かけるわけだが、貧乏性の私は、誕生日でも記念日でもない、祝うようなこともとくに思いつかない、ごくなんでもない一日に、ハモやふぐという高級コース料理を食すのは、ちょっと気が引ける。

そこで言い訳を用意する。「だって季節のものは季節のうちに食べなきゃね」というのが、それ。「すぐなくなっちゃうんだし、だれかがおごってくれるかもなんて思ってると、食べないまま終わっちゃうからね」。これ、だれに言うわけでもない。自分に言い聞かせて、店に予約を入れるのである。

このお店はたいへんな人気店で、いつも混んでいる。みんな夏にはハモしゃぶを、冬にはふぐ鍋を食べている。私は店じゅうを見渡しながら食事をし、みんな言い訳して食べにきてるのかなあ、とちらりと思う。それとも、そんなせこいことせずに、「先週もふぐだったけど、今日もふぐいくか」みたいな軽い気持ちできているのかな、などと考える。

けれど言い訳をする人は意外に多いようである。よく聞くのは「料理の上達のため」という言い訳。これはめったに外食をしない家庭の主婦が、おいしいもの（そしてちょっと高級なもの）を食べにいくときに、使うようである。「いろいろ食べないと、料理の幅が広がらないでしょ」などと。

もっともっと多い言い訳、「明日から」もある。ダイエット中の人が「よし、明日からちゃんとするから、今日が食べおさめ」と言ってケーキや炭水化物や焼き肉を食べる。

「酔ってるんだし」も、酒飲みには多い。酔ったあと、体に悪いとわかっているのに食べたくなるのが脂《あぶら》こってりラーメン。食べちゃだめ、という一滴の理性と闘い、最後、「酔ってるんだし、しょうがないよ」という悪魔の声に背を押され、深夜営業のラーメン屋の暖簾《のれん》をくぐってしまう。

しかしながら考えてみれば、言い訳というのはなんと無意味なつぶやきだろうか。何か言っているが、何も言っていないのとおんなじではないか。季節だからと言い訳しなくとも、食べるんだし、「明日からやるんだから」の明日なんて永遠にこないのだ。「酔ってるんだし」に至っては、言い訳にもなっていない。ただの状態説明。料理のレパートリーを広げるために高級フランス料理を食べて、そこから想を得て家庭料理を作る人なんか、いるんだろうか（いや、これはいるかもしれない）。

でも、せずにはいられない言い訳。私の最近の言い訳は、チョコレートを食べ過ぎるときの「だってコーヒーが苦いし」。これまた、まったく意味をなさないどころか、意味不明ですらある。

「これにも言い訳が必要。だって好きなんだもの！」

節約梅干し

十年くらい前にかんたんな方法を教わって以来、梅干しを自分でずっと漬けていた。紫蘇《しそ》を入れない白干《しらぼ》しで、市販のもののように皮がとろとろにやわらかくはならないが、塩気を調整できるし、失敗もなくちゃんとおいしく仕上がる。

三年ほど前、こんなにおいしく仕上がるのだし、日持ちするから、と、それまで毎年一キロ漬けていたのを、一気に三キロに増やして漬けた。さらにその夏、二人の知人からたいへんおいしい梅干しを大量にいただいて、我が家は一気に梅干しバブルになった。どのくらいバブルかっていうと、今年に至るまで、冷蔵庫にかならず梅干しが常備されているくらい。三年保《も》つくらいの量だったのだ。

だから、一昨年、昨年と、私は梅干しを漬けなかった。

そうしてついに今年、バブルを誇っていた梅干しが一掃されたのである！ 春先に一掃されたものだから、梅が出まわって食べられる時期になるまでは、市販のものを買ってしのがねばならない。梅干しを食べずに暮らすことも可能であるが、でも、まったくないと困るのが梅干し。

それで、じつに久々に、梅干しを買いにいった。そして愕然《がくぜん》とした。高い！　梅干しって、値段が高いんですねえ。自分で漬ける前は買っていたのだが、高いなあと思いながら買っていたことを、すっかり忘れていた。私は甘い梅干しが苦手で、昔ふうの、「しょっぺー！」のが好きなのだが、これもよくよく気をつけて買わないと、甘いものに当たったりする。「昭和の味、きちんとしょっぱい梅干し」と書かれた梅干しを見つけたのだが、これまたどういうわけか、ほかのものより値段が高かった。ううむ。

そんなわけで、私はずっと梅雨入りを待っていた。梅雨に入ると梅干し用の梅が八百屋さんの店頭に出まわる。はじめて漬けたときは、梅酒用の梅と、梅干し用の梅があることも知らなかった。

今年は梅干し用の梅を見るより早く梅雨入りしてしまった。六月に入ってようやく梅干し用の梅が並び、さて今年はどのくらい漬けようかと考えている。またお裾分《すそわ》けをいただくかもしれないし、でもそう期待しているともらわないことのほうが多いし……三キロ漬けてまた中途半端《はんぱ》な時期になくなるのも困るし、かといって二キロでは少ないかもしれないし……二年間、休んだせいで梅干し感覚が希薄になっている。

梅干しを自分で漬けているというと、ときおり、何か立派なことをしているように言ってくれる人がいる。しかしながら、市販の梅干しが高いと気づいてしまった今、梅干し代節約のために漬けているようなものだ。漬けたほうが断然、本当にだんっぜん、安いんですよ、と声を大にして言いたいが、それもなんだか恥ずかしくて言えない。

「本文とは関係ありません」

四大難関、その後

　私はかつて、このページに、「四大難関」というエッセイを書いた。かつてひとり飯をできなかった私だが、昼ならばどこへでも入ることができるようになった。が、夜のひとり飯ができない。とくに、①混んでいるラーメン屋、②回転寿司《ずし》屋、③焼き肉屋、そして④居酒屋に、とてもじゃないがひとりでは入れない。しかしながら、入ることができないままでよい、と結論づけた。だって、それらに入ることができたら、配偶者も友だちも要らなくなる、「ひとり」状態に引きこもってしまう、だから入れないほうがいいのだ、と。

　それから五年。なんと私は、四大難関の三つを、制覇してしまったのである。夜ごはんどき、ラーメン屋にも回転寿司屋にも、居酒屋にもひとりで入ることができる人間になったのだ。

きっかけは、じつにかんたんで、私の住むマンションの下に洋風居酒屋ができたこと。

ある日、仕事でごはんを食いっぱぐれて、九時近くに帰ってきて、いくらなんでもこれから作るのはめんどう、夫がいればいっしょに飲みにいくのだが、地方遠征で留守、できあいのお弁当やファストフードものは断じて食べたくない。あ、下の店で食べればいいではないか。下の店なら家みたいなものだし。と、いうのが最初。

ランチもそうだったが、できないと思っていたことを一度やってしまうと、ほかも、たやすくできるようになってしまうのだ。似たような状況で、私はラーメン屋にも入り、回転寿司屋にも入った。やってみればどうということはない。ただ、ラーメン屋や回転寿司屋は入ってみたくて入ったのであって、それらを夕食にしたいかといえばそういうわけでもないので、「入ることができる」とわかって以降は、あんまりいっていない。

基本的には、私はひとりで食事をするのが好きではない。できれば避けたい。でも、どうしてもそうなってしまうことがある。難関制覇前ならば、ひとりぶんの食事を家で作っていた。九時、十時と帰りが遅くなろうとも、家にあるものをかんたんに用意して食べていただろう。

が、いったん制覇してしまうと、「今日は約束もないし、夫も留守。作るのもめんどうだし、軽く飲むか」という結論になってしまう。そういう事態を私は避けていたわけだが、しかしそのことの、なんという幸福感。ひとりで店に入り、好きなものを選んでちょこっと飲む。いや、こんなこと、できると思わなかったなあと、毎回思う。できたなあ、大人だなあ、とうれしくなる。

そうして難関を制覇してみると、あらたな難関が登場するではないか。その難関とは、「客のひとりもいない店」だ。近所に、いつ見ても客のいない飲み屋がある。この町の法則に照らし合わせてみれば、そこはきっとおいしくなく、接客も過剰か欠損かであまりよくはないのだろうことは明白なのだが、しかし、いってみたい。どれほどまずいのか。どんな接客なのか。試してみたい。幾度か私はひとりで店の前を往復した。が、入れない。どうしても入れない。「おいしくなかったね」と人と言い合えないことがこわい。「へんな店だったね」と笑い合えないことがこわい。

焼き肉屋と、客のいない店。これが今のところの、私の二大難関である。その二種の店に、ひとりで入る必要があるのかないのかは、とりあえず考えまい。

「ひとりでできるもん」

旅先貧乏性

ふだん、私は小食である。朝ごはんは果物と豆乳をミキサーにかけた飲みものだけだし、昼は弁当、夜は酒を飲むので炭水化物は食べない。いただきもののチョコレートや煎餅《せんべい》があればお八つに食べるが、なければ食べない。しかも食べる量はそう多くない。

なのに、どうしたことか、旅に出ると、満腹バロメーターとか、胃袋リミットとか、食べたい欲とか、ねばならぬ義務感とか、ともかく何かが壊れ、食べっぱなしになる。かなり大量に。

朝、食欲ないな、と思いつつ、ホテルのバイキングにふらふらと向かう。皿を持ち、気がつけば盛っている。カレーなんかがあったりすると、空腹ではないのになぜか、小盛りにして食べている。デザートのヨーグルトまで食べている。

それから町を歩いていて、コロッケとか、まんじゅうとか、干物の試食とか、なんでもいい、何かあると、「お十時だ」などと思って食べる。昼までにおなかが空《す》かず、焦《あせ》ってたくさん歩いたりする。そして昼食はその土地のものをばっちり食べ、お八つの時間が近づくとまたそわそわし、何食べよ、と考える。ふだんお八つなんて食べないのに！

そうして夜、またしてもその土地の、しかも豪華な夕食を食べ、飲み、アー満腹、などと言いつつ、深夜近くに、夜食……と思う。

先だって沖縄にいった。遊びに、というより、フルマラソンを走りにいったのである。けれど彼《か》の地に着いてみれば心は旅気分で興奮しきっていて、翌日マラソンを控えているのに、飲みにいき、「アグー豚は食べねば、この聞いたことのない魚も食べねば、満腹だけど、やっぱり沖縄そばで〆《しめ》なければ」と意地汚く食べ続け、朝は朝でホテルのバイキングがランナーで混んでいて入れないので、コンビニでおにぎりとサンドイッチを買ってきて完食。マラソン終了後、ゴール近くの広場にたくさん出ている屋台でビール、缶酎ハイ、焼きそばにポテトと目をらんらんにして買い求め、そうして夕方、マラソンに参加した友人たちと痛む足を引きずりながら韓国料理屋に集まって、さんざっぱら飲み食いし、解散ということになっておもてに出ると、雰囲気のいい立ち食い沖縄そば屋がある。満腹のはずなのに、「今日はよくがんばったから、褒美だ」とみんなで言い合い、横一列に並んで丼一杯の麺をまたしても完食。そうして、サーターアンダギーをまだ食べていないな、タコライスも食べたいな、沖縄といえば私は田芋が好きなんだよな、と思いつつ、眠った。

どこにいってもおいしいものがある。その地にいくと、そのぜんぶを食べたいと無意識に思っている。人が食べる回数にも量にも限度がある。ならばその限度ぎりぎりまで食べたいのである。朝、お十時、昼にお三時、夕食に夜食を、すべてその土地のおいしいもので埋め尽くしたい。私は食いしん坊というよりも、旅先貧乏性なんだと思う。せっかくきたんだから、食べておけ、という算段。加齢に従って、もっともっとその傾向は強まるだろうなあ。ビバおばさん。

「スタート前の、魅惑の光景」

辛から調味料

食べるラー油が、人気のようである。

この「人気」であるが、ある一定の飽和状態を超えると、私のような人気商品音痴のところにも届く。どこでだれに聞いたのか覚えていないが、「桃屋のラー油がすごい人気らしい」と耳に挟んだ数日後、デパートの食料品売り場で軒並み「桃屋のラー油品切れです」の貼り紙を見た。

じつは私は、辛いもの好きである。それも激辛好き。辛いものが苦手な人から見れば、「味覚障害では」と不安になるだろうくらいの、激辛好きなのである。

桃屋のラー油は商品名が「辛そうで辛くない少し辛いラー油」というので、たぶん私にはまったく辛くないのだろうけれど、あまりの人気ぶりに、食べてみたいなあ、と思っていた。そんな折、辛いものがまったくだめな友人が、「もらったんだけど使わないから」と、そのラー油を一瓶、くれた。なんたる幸運。

食べてみたが、やっぱり、ちっとも辛くなかった。でもたしかに、揚げたにんにくや玉葱《たまねぎ》が入っていて、おいしい。おいしいが、ラー油というより私には「食べる油」といったほうが近い。

そんなわけなのでうちの冷蔵庫には、香辛料が異様に多い。ラー油だけで四種ある。その桃屋のラー油、八幡屋礒五郎《やわたやいそごろう》の七味胡麻辣油《ごまラーユ》、ペンギン食堂のラー油、朝天辣椒。ペンギン食堂のラー油も以前からの人気商品で、これまた、友人がくれたものである。私のいちばんの気に入りは朝天辣椒で、うちにあるのは海老《えび》入りだが、これが、本当においしい。ちゃんと辛くて、ちゃんとおいしいものって、めずらしいのだ。あんまりおいしいので、ついつい多用してしまい、夫が食べられないほど辛い料理を作ってしまうのが難点でもある。

こんなにおいしいのだから、いつか桃屋のラー油みたいに人気に火がつき、そうそう買えなくなるのではないかと不安になることもあるが、そんな兆《きざ》しはまるでない。

さらにハバネロペッパー、カイエンヌペッパー、一味唐辛子、黒胡椒《こしょう》、と冷蔵庫には常備され、黄金、というとんでもなく辛い香辛料と、バードアイという八幡屋礒五郎の一味もある（大辛の三倍）。黄金という唐辛子は、京都のものもあるようだが、私は九州の福岡空港で買った。

もちろん、なんにでもこうした激辛調味料をふりかけているわけではない。カレーや麻婆《マーボー》豆腐やチゲを常人が食べられる辛さで作って、これらを駆使して辛くするのである。ちなみに、洋食和食中華と、どれにでも使えるいちばん便利なものは、やはりなんといっても黄金。癖がないし、しかもどれよりも「がつん」とした辛さ。

と、ここではたと思うのは、私がわくわくとして書いているこの激辛情報を、いったいどのくらいの人が「いいこと聞いた」と思ってくれるのか……なかなか共有のむずかしい嗜好《しこう》ではある。

「これが例のブツです」

激辛の悲劇

味覚障害か？　と自分で思うくらい、辛いものが好きである。人より辛いものが食べられるという自覚がある。激辛好きは総じて自身の激辛趣味を恥じているから、注文のときも声がちいさい。辛さの選べるカレー屋で「あのー、（十段階中）十倍で……」と小声でささやいたりする。

先だって、この私の激辛好きが原因で、たいへんな悲劇が起きた。

このページの担当をしてくださっているＳさんと、所用があって昼に落ち合い、そのままランチを食べにいくことになった。場所は私の仕事場の近く。すごくおいしいカレー屋があるんです、と私は彼女を案内した。このカレー屋、辛さが選べる。私はいつもは激辛なのだが、この日はやまっ気を起こし、激辛二倍を注文した（ちなみに激辛四倍まである）。Ｓさんはごくふつうの辛さ。

注文した品が運ばれ、私たちはアレコレとおしゃべりしながら食べはじめた。「うわ、すごく辛いですね」とSさん。この店のカレーは、「ふつう」を選んでもけっこうぴりっとする。だから「ふつう」の下に、「甘口」が二段階あるのだ。（Sさん、辛いもの苦手なのかな……）と思いつつ、「そうなの。けっこう辛いんです。辛口を勧めなくてよかった」と私は笑い、自分のカレーがあんまり辛くないことにひそかに首をひねった。

じつは三日ほど前、私は常人がにおいすら嗅《か》げないだろうほどの激辛ラーメンを食べたばかりだった。あのせいで辛いもの免疫《めんえき》がついて、激辛二倍もなんともなくなったのかなあ、と思うが、しかしそれにしても、辛くない。お店の人が辛さの段階を間違えたのかも（恥ずかしさのあまり小声で注文するので、「ふつう」と間違えられることはよくある）、と思うが、しかし店員の女の子に「辛さ間違ってない？」などと指摘して、新しく作りなおす、となったら面倒だ。なんて思いつつ、横目でSさんを見ると、Sさん、ぜんぜんスプーンが進んでいない。（もしかして、口に合わない？）と不安になりながら、完食。Sさんはルーだけ少し残している。

「なんか今日は辛くなかった……」と言いかけ、私ははたと気づいた。Sさんも同じく、はっとした顔で、「これ、一口食べてみてください」と、ルーの残ったお皿を押し出す。食べてみて、「ああ！」私は叫んだ。それはまごうことなく激辛二倍の味だった。Sさん、こんなに辛いの、よく食べた！　自身の狂った味覚の自覚がある私は、ひたすら申し訳なく、気の毒なのだが、しかし、笑いがこみあげてくる。Sさんは私が激辛好きだと知っているので、ふつうがこの尋常ならぬ辛さ、その二倍を私が食べていると思いこみ、なんとすさまじいことかと内心思っていたそうだ。なんてこと。激辛好きが招いた悲劇。とはいえ、悲劇なのは地獄のように辛いカレーをほぼ完食したSさんだけだが。

ああ、この激辛二倍カレーでフレッシュな味蕾《みらい》を潰《つぶ》しに潰したSさんが、激辛界に仲間入りしてしまったらなんとお詫《わ》びしよう。っていうか、思い切り笑ってごめんなさいSさん。

「これがその、激辛ラーメン。〈蒙古タンメン中本〉の北極ラーメンです」

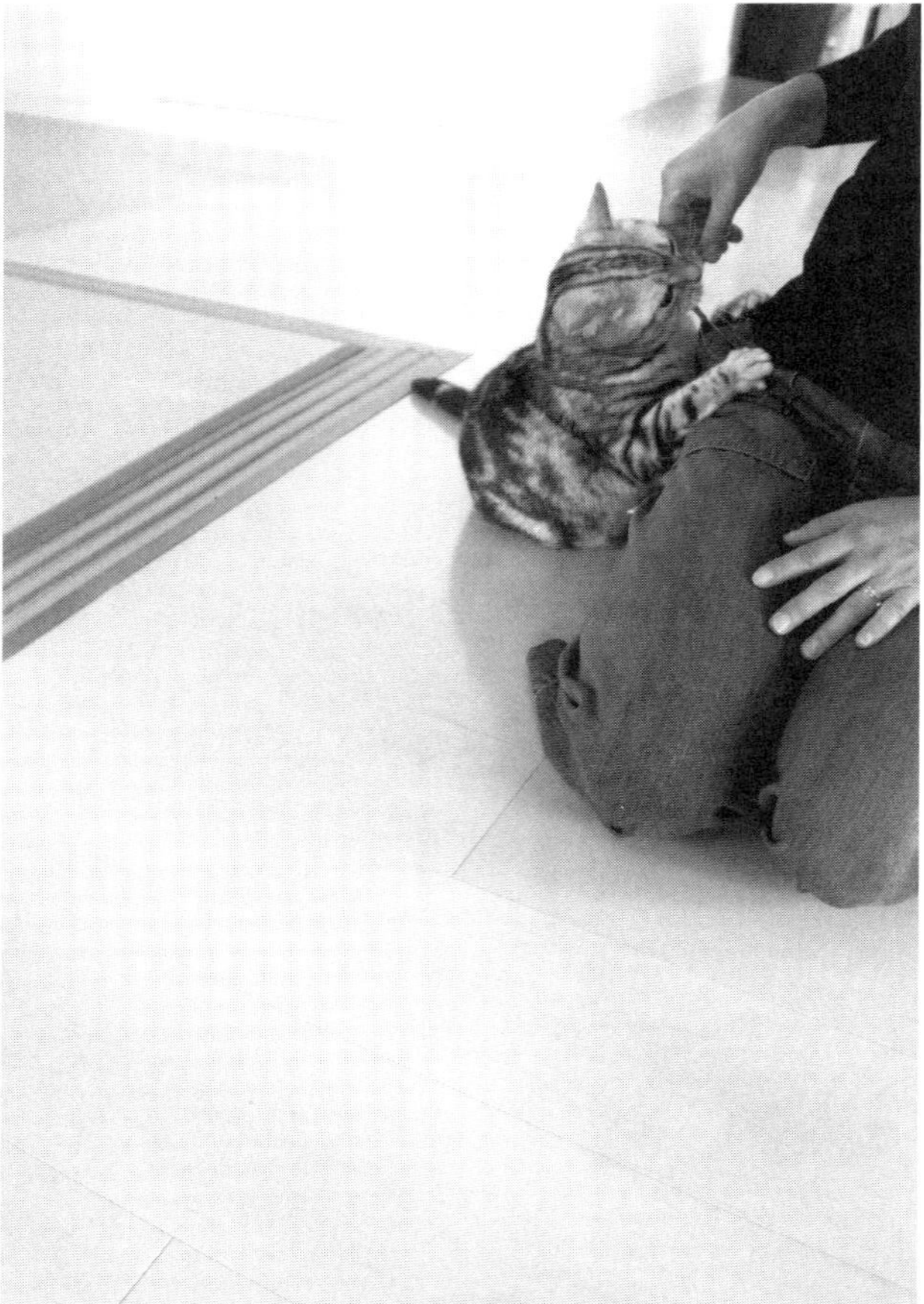

総重量、という妄想

妄想だということはわかっている。だから、妄想だと思って読んでいただきたい。人生におけるひとりぶんの総重量って決まっているのではないか、とときどき思う。たとえば、人生における涙の総重量。私は子どものころ、めったに泣かなかった。注射のときも泣かなかったし、生爪《なまづめ》がはがれても泣かなかった。小学校に上がって、担当教師（男）からビンタされても泣かなかったし、卒業式でも泣かなかった。ほんとうに、泣かなかった。

それが今や、コマーシャルを見ていても、朝のテレビの「きょうのわんこ」というコーナーを見ていても、泣ける。これは、子どものころにためた涙を、今放出しているのではないか。あんまりにも泣き上戸なので、たぶん五十歳過ぎたらまたぴたりと泣かなくなるのではないか。

それから、荷物の総重量。最近の私は、やたらめったら荷物が多い。しかも、重い。何を持ち運んでいるのかと言えば、本とか、本とか、本とか、あとはおかずとか、酒とか、米とかだ。あまりにも毎日荷物が重いので、重い食材は宅配にしてもらうようにしたり、ネットで買うようにしているのだが、それでも、重い。このあいだなんて、どう見ても七十代のおばあちゃんに「あんた、荷物一個持ってあげようか？」と言われる始末（もちろん感謝しつつ断りました）。

なんでこんなに……と思い、はっとする。十代、二十代と、私は荷物が嫌いで、手ぶらで歩いていた。財布をジーンズのポケットに突っ込み、コンビニで買いものをしたら、そのコンビニ袋を鞄《かばん》がわりにして歩いていた。とにかく荷物を持ちたくなかった。つまり、今はあのときのツケである。そう考えればなんとなく、重い荷物に我慢もできる。だって自業自得《じごうじとく》なんだもの。

妄想はどんどん広がり、世界総重量にまで達する。

たとえば、私は風呂が嫌いで、できるなら風呂に入りたくない。でも私の友人は風呂好きで、一日に一時間でも二時間でも入っている。これはつまり、風呂時間総重量のバランスを、私たち二人でとっていると考えられないか。

突然、なんの覚えもないのに二キロ太ったりすることがある。すると周囲で、「なんか急に痩《や》せちゃって」などと言っている輩《やから》がいる。何キロ痩せたのと詰め寄れば、二キロ、と言うではないか。つまりその二キロ、総重量の決まりに照らし合わせれば、彼女が私に押しつけたのである。

妄想です。もちろんまったく意味をなさない妄想なんです。

でもそう思うと、「ま、いっか」と思えることって、意外とある。すごくかなしいことがあったとき「今このかなしみをかなしんでおかないと、将来に持ち越される」と思えば、なんとなくかなしみにあきらめがつく、というか。けれど「今このしあわせを享受《きょうじゅ》すると、将来しあわせがひとつ減る」とは考えないようにしているのだから、ま、なんというか、都合のいい妄想なのだが、そもそも妄想って、都合のいいものと相場が決まっているのである。

「これだけは、まだ総量を満たしていないと思いたい」

それはおいくら？

　洋服を買うとき、値段を確認するのはなかなか勇気がいる。値段のついたタグは、たいてい見えないようになっている。ワンピースなら、奥の奥にある。襟ぐりに手をつっこんで、糸を頼りにタグをさがし、「いえいえ私が見ようとしているのは、値段ではなく、素材ですのよオホホ」みたいな顔をして、タグを引きずり出したとたん、「そちら、カシミアが三十パーセント含まれていましてとてもやわらかいんですよ」などと、店員が話しかけてくる。ああ、この人の前で値段を確認しづらい！　と、せつかくつかみかけたタグから指を離し、たしかに軽いですよネー、なんて言って、元の位置に戻したりする。

　しかしこの値段問題に解決法は、ある。試着すればいいのである。試着室なら値段見放題。財布と相談し放題。こんなに高いのはちょっと、と思えば、試着室から出て、

「なんか似合いませんでした」と店員さんに言えばいいのである。

じつは私は試着が大嫌いで、値段を知りたいときは入ったりもするが、でも、よくいく店で、商品の相場がだいたいわかっていれば、試着もせず値段も確認せず買うことがある。そういう店なら、支払いの段になって「えっ」ということが、まずないので安心だ。

先だって、まさにその、支払いの段に「えっ」という体験をした。

そのとき私が購入せんとしていたのは、しかし服ではなく、豚肉。豚肉って、よく買うものだから、私は相場を知っている。百グラム、鹿児島黒豚ならいくらか、東京Xならいくらか、アグー豚ならいくらか、サイボクポークならいくらか、ノーブランドならいくらか、だいたいのところはわかる。だから買うときは、用途に見合ったブランド（つまり金額）のものにしている。

その日は豚汁を作る予定だった。大量には作らないし、野菜をたくさん入れたかったから、豚肉は少しでいい、と思って商店街を歩いていた。豚汁だが豚肉は脇役《わきやく》。だから、ま、安いものでいいわ、と思い、めったにいかない肉屋さんだがちょうど数歩先にあったので、寄った。ガラスケースに並んだ量り売りの肉とは別に、パック詰めのコーナーもあった。いちばん上に、私が求めている少量パックの豚ロース肉があった。値段を見ると百六十円。なんか安いな、でもあれだろう、百グラムくらいしか入ってないのだろう、と思いながらそれを手に取り、カウンター越しにお店の人に渡し、財布から二百円を取り出したとき、「ありがとうございます、七百円です」と、にこやかに言われた。

えええええ！　あんなちょびっとの豚肉、牛肉ではなく豚肉、豚肉が七百円！　が、もうその肉はレジ袋に入れられて差し出されている。引っ込みがつかず、二百円を戻し千円札を出す。涙。

表示をよく見ると、百六十はグラム数であり、その横にちゃんと七百円と値段があった。

その日の豚汁を、夫にも「この肉は百六十グラムで七百円したのだ、よく味わうように」と宣言し、私もよく味わって食べた。たしかに、たいへんおいしかった。

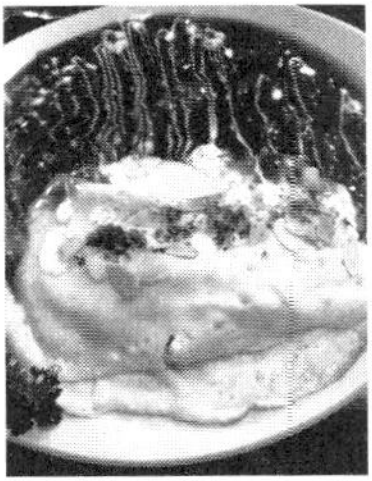

「このランチがちょうど七百円」

蒸し流行

その方面に詳しいわけではないのだが、料理界、レシピ界にも流行廃《はやりすた》りというものがあるのだなと気づくときがある。昨今流行を実感しているのは、「蒸し」という料理法。本屋さんの料理本コーナーにいってごらんなさい。蒸す蒸す蒸す蒸す、そりゃあもういろんな方法でいろんなものが蒸されているから。

この蒸し流行、どうやら、キッチングッズの流行と提携関係にあるようだ。シリコンスチーマーの登場、タジン鍋《なべ》の思わぬ人気。これらは、それまでの蒸し器よりずいぶんかんたんそうだ。かんたん、というのは、レシピの難易度ではなく、「その道具を出し、使い、洗い、しまう」その手間、しかも実際の手間ではなく手間の印象のことだ。蒸し器を出して何か蒸し料理を……と思うとたいへんそうだが、シリコンスチーマーやタジン鍋なら、「さっとできる」感がある。

キッチングッズ好きの私、もちろんシリコンスチーマーは登場してわりとすぐ、買った。便利か、といえば便利である。とくに朝の弁当作りに便利。フライパンを使いながらレンジでもう一品できるから。が、それ以外でものすごく活躍しているかといえば、そんなことはない。夕食の献立に使うことは稀《まれ》で、蒸し料理なら、それまで持っていた蒸籠《せいろ》や厚手の鍋ですませてしまう。

でもそれで、本当ならば充分なのだ。夕食の蒸し料理は蒸籠や鍋を使い、弁当作りには便利なシリコンスチーマーを使う。それだけで、いいはずなのだ。でも、何か「使い切ってない感」がつきまとう。シリコンスチーマーを、もっと活躍させたほうがいいのではないかという思いが、どうもぬぐえない。おそらく、タジン鍋を早々に買った人たちも、きっと私と同じ心理なのではないか。便利で、使ってはいる。でも、使い切った感が足りない。

そしてそういう人たちのために、レシピ本が出る。「さあ、これで使い切れ〜存分に使い切れ〜」と、誘うわけである。かくいう私も、蒸しレシピの本をすでに二冊、買っている。ほかのことでは流行の仲間に入れてもらえない私だが、ことキッチングッズに関しては、流行ど真ん中だもんネ、と自慢げに言いたくなる。

しかしながらこんなふうに「蒸し」が流行ると、不思議な気持ちになる。昔、つまり「蒸し」流行以前、私たちは「蒸し」をどんなふうにとらえていたんだっけ。思い起こせば、私はごく自然に、レンジ機能や蒸籠で、焼売《シュウマイ》や茶碗蒸《ちゃわんむ》しや肉や魚や野菜を蒸していた。ただ、それらの料理には「蒸し」ならではの地味さがついてまわっていた。ただ蒸した野菜でもおいしいし、肉も魚もふっくら仕上がる。でも、地味だった。茶碗蒸しは私の好物だが、食材揃《ぞろ》えの面倒さと失敗の不安に比べたら、料理そのものが地味な印象があり、あまり作らなかった。それがどうだ。今の流行のおかげで、なんとなく蒸し料理が照れつつも華やかな位置に立ちつつあるではないか。

さて、いつまで続くんだろう、蒸し流行は？　そして流行後の蒸し料理は、また地味な立ち位置に戻るのか？　私たちのシリコンスチーマーは？　タジン鍋は？　その行方が、ちょっとたのしみ。

「二十年近く使っている古蒸籠」

ごちそう革命

幼いころからついこのあいだまで、ごちそう、という言葉で私が連想するのは豪華な食事であった。その豪華さは、つねに油（脂《あぶら》）とセットになっている。イメージでいえば、フランス料理や中華料理。前菜にすでにまぐろだの鮑《あわび》だのサーモンだの肉だの出てきて、しかもそれがクリームたっぷりバターたっぷりトリュフやフォアグラまで使用したり、フカヒレだのバラ肉だの伊勢海老だのがいっぺんに登場したりする。メインも脂っぽい料理が二品も三品も登場して腹の皮がはつはつになり、もうだめだというところで、ケーキやプリンやごまだんごだの、こってり系デザートが登場。それがつまるところ、長くかわらぬ私の「ごちそう」イメージだった。

ところが、先だってごちそう革命が私の内で、起きた。きっかけはおいなりさんである。

いなり寿司がここ数年、食べたくてしかたないのだが、そのいなり寿司とは店で売っているものではなくて、かつて母が作ってくれたものである。馬鹿《ばか》でかく、甘くなく、しっとりと濡《ぬ》れていて、酸味とだし味がちょうどよく加減され、お揚げの皮がひっくり返っているおいなりさん。市販品はみんな上品に小ぶりで、甘く、酢と濡れ感が足りない。

おいなり熱が高まったある休日、意を決して私はおいなり作りをはじめた。油揚げを油ぬきして袋状に開いて……と、ここですでに、私はくじけそうであった。菜箸《さいばし》でころころしてから開けばかんたんということは知っているが、うまく開かず、穴が開いたりするのである。それを六枚も八枚もくりかえすのである。ひっくり返すのは早くもあきらめた。なんとか開き終わったら今度はひたすら煮る。ごはんが炊《た》きあがったら、すし飯まで作る。具入りと白ゴマだけの二種を作ろうと思っていたが、挫折《ざせつ》。酢飯に白ゴマをふったものを用意するのがやっと。

煮上がった油揚げをさまし、煮汁を絞り、酢飯を詰めていく。これもまた、じつに面倒な作業。ごはんを入れすぎると袋が破れるし、おそるおそる入れると奥の隅まできっちりごはんが入らない。しかも！　こんなに手間ひまをかけたというのに、油揚げが薄味過ぎた。なのに味つけしなおせない。

しかし母のおいなりさんにははるか及ばずとしても、甘くない、馬鹿でかいおいなりさんはじつにうまかった。そうして私は思ったのである。おいなりさん。皿に置けば真っ茶色で、しかもこれ一品では食事にはならず、なんとも地味な食べものである。が、こんなに手間をかけねば作れないものこそ、ごちそうではなかろうか。そうだ、これこそが真のごちそうなのだ！　私のごちそう感ががらがらと音をたてて変化した瞬間である。

　子どものころは（いや、じつは今も）地味で単調でチーズもケチャップもデミグラスソースもクリームも無縁のおせちを、私は好んで食さなかったが、手作りのそれがどんなにごちそうであるか、四十歳を過ぎた今、ひしひしと実感している次第であります。

「同じく包む餃子もまた、ごちそうであります」

おれ、彼女いますよ

ホームパーティに招かれる。初対面を含む大勢がいて、わいわいと自己紹介しながら飲み食いする。

こういう場に、独身男女がいると、既婚者というのはその二人をくっつけたくなる。自分に恋愛の機会がないものだから、他人の色恋沙汰《ざた》でわくわくしたいのである。

「え、○○さん、彼氏いないの？　それなら○○くんとつきあっちゃいなよ」

と、酔っている気安さも手伝って、両者を知っているホストがよく言ったりする。

こういうことを言われた側の礼儀として、まったくその気がなくとも「えー、そんなー、えへへ」と笑うべきだと私は思う。

が、ですね、こういうときにまじめにとらえて、「え、でもおれ、彼女いますよ」と真顔で答える男がいる。じつによくいる。たいてい男。なんなんだろう、いったい。

若かりしころ、私もよくそんなふうに言われていた。ホームパーティ系の酒の席で初対面の男性と二人名指しされて、「二人、つきあっちゃえば？」などと言われる。私はたとえそのとき交際している人がいたとしても、礼儀として「えー、そんなー、えへへ」とやる。そもそもそう言った人も本気ではないのだし、そう言われた初対面男子のほうも「じゃあつきあいましょうか」などと本気にしたりはしないのだ。その場かぎりの社交辞令ってやつだ。なのに、「いや、おれ、彼女いますよ」と言われたことが私は三度くらいある。いいんです。彼は事実を言っているだけなんでしょう。まじめな誠実な人だと思います。彼女もひと安心でしょう。でもね、そう言われたこっちとしては、なんとはなしに、いやな感じがする。たいへんに微妙な「いやな感じ」である。

こっちが言い寄ったわけでも、好意を見せているわけでもないのに、まるで「おれを好きになるなよ」みたいな牽制《けんせい》をされたように感じてしまうのだ。自分が牽制されてしかるべき人間であるような気がしてくるのだ。いや、そういう経験が三度もあるのだから、もしかしたら若かりしころの私はそんなふうに見えていたのかもしれない。つまり「つきあっちゃえば、と言われたのを真に受けて、連絡をしょっちゅう寄こしてごはんに誘い、断られたら待ち伏せしているような、のめりこみやすい人」に見えていたのかもしれない。

「おれ、彼女いますよ」のあとは、つきあっちゃえと言った側も返しかたがわからず、「え、あ、そうなんだ」と尻《しり》つぼみ的につぶやいて、べつの話題になる。そのとき、悪いのは初対面男子なのに、なぜか私は自分がまずいことをしてしまったような気になり、ひそかに恥じ入ったりする。まったく理不尽である。

私も加齢して、そんなふうに言われることはなくなった今、若い人に「二人つきあっちゃえば？」と、お節介おばさんのようなことをついつい言いたくなるのだが、だから、ぐっとこらえるようにしている。

「初対面男のいない友人宅パーティ」

上座制度反対声明

お客さまには上座を勧める、という、麗《うるわ》しい習慣が日本にはある。いちばんの上座はドアからもっとも遠い奥まった席で、いちばんの下座はドアにもっとも近い場所。洋室でも和室でも、そうだ。そのいちばんの上座には、いちばん偉い人だとか、いちばん敬われている人だとか、いちばん年長の人だとか、が座る。あるいは、四人いて、三人がホストでひとりがお客さんなら、そのお客さんが、上座。なーんて説明しなくても、だれでもが知っているだろう。

私は社会経験がないので、長いこと、この上座下座制度を知らなかった。私が外食をするときは二種類しかなく、仕事相手に招かれるか、友人たちと飲むか、のみである。友人たちと飲むときには上座も下座もない。仕事相手と飲食するときは、向こうが招いてくれているわけで、つまり客人の私は上座に「どうぞ」と言われるわけだが、社会常識を何も知らない二十歳から仕事をしているので、「どうぞ」と言われるその席が、上座だなんて思ったこともなかった。だって、どこだって自分がいちばん若いのだ。奥から順番につめなさいと言われているのだとばかり思っていた。上座下座ということを知ったのは、三十歳を過ぎてからじゃなかろうか。

いや、まったく麗しい習慣だと思う。目上の人やお客さんを敬うって大切なことだ。でも、私は上座が嫌いなのである。「奥からつめろ」と命じられるなら不承不承奥の席にいくが、そうでなく、たんに客人という理由だけならば、そんないちばん奥に押しこめられたくないのだ。

なぜなら私はトイレが近いから。そして上座はもっともトイレに遠いばかりか、店の構造によっては、すべての人を立たせないとトイレにいけない場合がある。私のトイレは近いが、しかしみんなが「ちゃんと用を済ませてきたのか」と不安になるくらい早いので、もっとも下座に座って、だれにも気づかれずトイレにいってだれにも気づかれずもとの席に戻っていたいのである。上座ではそれができない。その場にいる全員に「すみません、トイレ」と認識させて去らねばならず、「すみません、戻りました」と、また用を済ませたことを再認識させて席に戻らねばならない。こんなはずかしめがあろうか。

客人をもてなすのならば、その人のいちばん座りたい場所に座ってもらうのがいちばんいいと思うのだが、謙遜《けんそん》するというこれまた麗しい習慣もあって、「いえいえ私なんかに上座はもったいない」と遠慮する人もいる。こういう人は三度くらい勧められてようやく上座に座る。トイレが近いからなかなか上座に座らないのでは、もちろんない。私が下座がいいと言うと、この謙遜・遠慮だと思われて、結局奥に押しこめられる、ということがじつに多い。

「いえいえこっちに座らせてください」「いえそんな、奥にどうぞ奥に」「いや、あの、ここがいいんです」「そんなことおっしゃらずに、まあまあ」「いえあのートイレ近いんで」「トイレのときはみんな立ちますから！」……ときどき、ちょっと面倒くさい。

「この猫はなぜかいつも食卓の上座席に座っています」

本になりました

なんとこの連載、二〇〇六年からやっている。今年で五年。すごいことである。その五年の一部が、このたび、本になりました。のんきなことしか書いていないけれど、いやあ、いろいろあった五年だった。

作家としてデビューしたのは二十一年前だが、はじめて自分の本が出版されたのは、ちょうど二十年前。できあがった本を前にして、すごくうれしい、というよりは、ヤダどうしよう、とどぎまぎしたのを覚えている。

二十年もたてば、そんな新鮮な感覚は薄れていそうなものだが、それでもやっぱり、新しく本ができあがるとどぎまぎする。私は装幀《そうてい》やデザインにまったくのノータッチなので、できあがるまで、カバーデザインの写真を見せてもらうことはあるが、実際にどんな本になるのかわからない。だから、できあがりを見るときはお見合いのような感じ。まあー、あなたでしたか、ははあー、というような。ちょっと恥ずかしく、ちょっとうれしくて、ちょっと不安で、やっぱりヤダどうしよう。

はじめての本が出版されたとき、私はひそかに「売れて売れて売れまくっちゃうかも」と思っていた。書店にいったらみんな取り合って買っているかも。いや、そこまではないにしても、積み上がった本の、私のだけ段がぐんと低いかも。どぎまぎしながら書店にいったらば、私の本はなかった。べつの書店にも、なかった。大きな書店にいったら、あるにはあったが、平積みどころではない、二冊ほどが棚差しされているだけだった。そこへきて、友人からの追い打ちの電話。「あなたの本、どこの本屋にいってもないんだけど」。

その体験は、大げさにいえばトラウマになった。本当になんというか、世間の厳しさ、出版界の厳しさの洗礼を、はじめて受けたのである。それ以来、新刊が出てしばらくは書店を避けるようになった。置いていないのを知って傷つきたくなかったのだ。

じつはですね。今もって私は新刊が出たとき、「本屋さんに並んでいるかな」とチェックしにいったり、しない。用があれば書店にはいくけれど、なければいかないようにしている。書店にいっても、新刊コーナーをのぞいたりしない。よほどこたえたのだなあと、我がことながら己が気の毒にもなる。

私のはじめての単行本『幸福な遊戯』は、もうとうに絶版になっている。宇野亜喜良さんがその本のために絵を描き下ろしてくださって、それが表紙だ。編集者が紙袋に入れて持ってきてくれたそれを、当時アルバイトをしていた会社の近くの喫茶店で、見た。わー、と思って手にとって、お見合いのようにどぎまぎし、照れくさくなって本をテーブルに戻したくて、でも編集者に「興味ないのか」と思われるのがこわくて、ずっと持って眺めていた。本屋に並べてもらえないこともある、とも、絶版になることもある、ともまだ知らない二十三歳の私である。

できたての『よなかの散歩』も私はきっと、そんなふうにどぎまぎと撫《な》でさすったのでした。

「お見合い写真」

理想の二日酔い飯は？

ときどき友人と話していて妙に盛り上がるのが、「二日酔い飯」。強烈な二日酔いのとき、何を食べるか？　という話である。この話をしていると、十人十色であるように、十胃十色であるなあと思う。

本当にひどい二日酔いのときは、何も食べることができないと言う人がいる。水を飲むだけ。でも、数多《あまた》の酒飲みたちに言わせると、二日酔いのときに「何も食べない」のがいちばんいけない。とにかく何かおなかに入れること、そして動くこと。

いちばん多いのは、汁系である。二日酔いのときというのは、ともかく汁。多くの人が味噌汁《みそしる》と言い、多くの人が賛同する。味噌汁に、アルコールを早く排出させる成分が含まれているらしいので、これはたいへんまっとうな意見なのだ。汁ではないが、納豆、というのもある。これまた、納豆菌とかアミノ酸とかが実際に二日酔いにきくといわれている。

素うどん、かけそば、という人もいる。うどんよりそばより、汁が重視されているのだろう。お茶漬け、というのもある。このような意見の人は、「さっぱり派」に属する。なんにも食べたくないが、でも食べなくてはならない、何かあっさりさっぱりしたものなら食べられる、という人たち。

反対に「こってり派」もいる。この人たちの二日酔い飯の代表はラーメンだ。それから、そばでも天麩羅《てんぷら》そばや鴨《かも》南蛮といった汁に脂の浮いたそばを選ぶ。

私はこってり派の最たるものである。さっぱり派の人にも、ヤワなこってり派の人にも賛同を得られたことはまずないが、理想の二日酔い飯ベスト3は、カレー、カツ丼《どん》、激辛ラーメンである。かけそば、素うどんなんてあり得ない。

「二日酔いのとき、カツ丼のことなんてよく考えられるね」「カレーなんて食べたら胃が痛む」と、よく言われるが、暴飲で痛んだ胃に、カツ丼やカレーやラーメンは脂コーティングを施してくれるのではないかと私は勝手に思っている。だってそれらを食べると、本当になんだか二日酔いが軽くなったような気がするのだ。激辛、というのもまた人をおののかせるようだが、辛いものを食べて汗をかくと、それとともに残留アルコールが外に出ていくような気もする。もちろん脂コーティングも汗アルコール排出も、どちらも私の勝手な、根拠なき理論です。

先だって私はこってり派にとって、二日酔いにもっともいい食べものを見つけた。それはカレーそば。汁、カレー、麵《めん》、脂、と私の二日酔い飯に理想の構成物が含まれている。ちゃんとしたおそば屋さんのカレーそばより、立ち食いそばのカレーそばがのぞましい。おそば屋さんのカレーそばは（おいしいが）工夫されすぎていることが多いから、知っている店じゃないと危険だ。汁なしカレーそばとか、汁がとろみすぎていたりとか、具が多いとか、いろいろありすぎる。その点立ち食いそば屋のカレーそばはオーソドックス。そばのうす甘い汁に、カレーがどろーんとかかっている。具もちっこくて食べやすい。これに、唐辛子をこれでもかというくらいかけて、食べる。

二日酔いにはカレーそば。こってり派の人はぜひおためしあれ。さっぱり派はさらに気分が悪くなるだろうから、やめておいてくださいね。

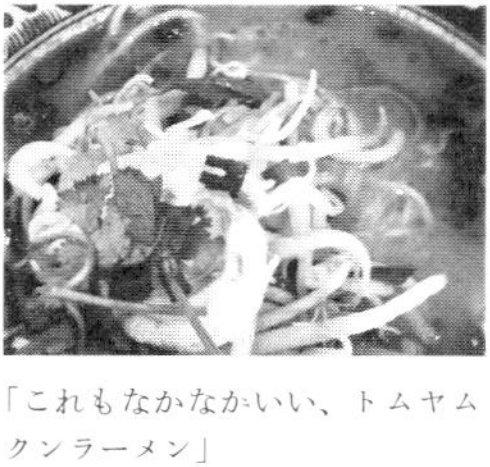

「これもなかなかいい、トムヤムクンラーメン」

スペインバルに興奮の旅

スペインにはじめていったのは二十六歳のころ、勘定すれば十六年も前のことになる。女友だちと二人で二十日ほど各地を移動した。このとき辟易《へきえき》したのが食事。夏場で、オリーブオイル多用の食事が口に合わないばかりか食欲もなくなり、ガスパチョばかり飲んでいた。

十年前にも一度、モロッコからポルトガルにいくときにスペインは通過したのだが、「スペインの食事は私の口に合わない」と思いこんでいたから、中華料理屋や軽食屋で食事を済ませてさっさとポルトガルを目指した。

今回、取材仕事なのだが、三度目のスペインにいくことになった。滞在地はバスク地方。サン・セバスチャンという町のそばにある、シスルキルという村に滞在し、そこを基点に毎日近郊を訪ね歩く、といった旅。

バスクといえば、食である。こぢんまりした地方なのに、ミシュラン三つ星クラスがわんさとひしめいているというではないか。私はわくわくと旅だった。

ミシュラン星つきレストランにももちろんいったのだが、しかし今回、私がびっくりしたのはごくふつうのスペイン料理。あんなに口に合わないと思っていた、油多用の料理たちである。

サン・セバスチャンの旧市街には、数え切れないくらいのバル（スペイン居酒屋）がひしめいている。一軒立ち寄ってはー杯引っかけてタパス（つまみ）を何品か食べ、また移動しては飲み、タパスを食べ、ということを地元の人たちはくり返すらしい。

このタパス、日本の居酒屋の大皿料理みたいに、カウンターいっぱいに並んでいて、これとこれ、と指させば、すぐ小皿に入れて渡してもらえるたいへん便利なシステム。タパスがずらーっと並んだ光景はあまりにも圧巻で、興奮したのだが、しかしいかんせん、十数年前はタパスだっておいしいと思えなかったんだよな……と思いつつ、「これ」「これ」と指し、渡されたそれらを食べて、「むほーっ」と誇張でなく叫び声が出た。おいしすぎる。なんだこれ。

イベリコ豚のベーコン入りコロッケとか、油漬け鰯《いわし》のフリッターとか、蟹《かに》と野菜をマヨネーズで和《あ》えたものがのったバゲットとか、やっぱりオリーブオイルは多用されているが、でも油っこいというより、きちんとおいしい。十六年前のあの記憶は、なんだったんだろう？　そのおいしさに衝撃を受けながら、必死に考えてみる。

十数年前は、まずい店ばかりいった（でも二十日間も連続で？）。この十数年で、スペイン料理が劇的に変化した（あり得ない）。バスクはピンチョス発祥の地だから（そんなにちがうだろうか）。いろいろ考えては、カッコ内の言葉で考えなおす。うーん、やっぱり、二十代の私は舌がまだまだお子さまだった、というのが、いちばんただしいような気がする。異文化の味イコールおいしくない、に分類していたのではなかろうか。

大人になってヨカッタと、旅するたびに思うのである。

「なんでもかんでもうまかった！」

自分がこわい

トレランを知っていますか。トレイルラン。山や森といった自然のなかを走るスポーツである。「自然のなかを」などと書くと、なんだかたのしそうに思えてくるが、しかし歩くのではない、走るのだ、山道を。はじめてそのスポーツについて聞いたときは、歩いたってつらいアップダウンのある山道を走ろうなんて、酔狂な人たちがいるもんだわネー、と思っていた。

ところがどうしたことか、だんだん、だんだん疑問がわいてきた。私にもできるのだろうか。

私は（あまり好きではないが）ランニングをはじめて五年ほどになる。毎週土日は（いやいやながら）走っている。市民マラソン大会に（仕方なく）出たこともある。でもそのすべて、町だ。

学生時代の先輩が、トレランやるか？　と声をかけてくれた。ううむ。しばし迷い、しかし「私にもできるだろうか」という疑問が勝《まさ》って、やる、と答えた。

朝の八時に高尾山に集合。稲荷山《いなりやま》コースというところからまずは歩いてのぼりはじめる。城山という展望台までいき、そこで休憩。ここまで五キロくらい。なんだ楽じゃん、と思っていた。周囲にはお洒落《しゃれ》な山ガールや弁当を広げる家族連れ。気持ちいい。

休憩を終え、走りはじめる。大垂水峠《おおたるみとうげ》から南高尾山稜《さんりょう》。五百から四百メートル台の低山が連なる道だ。走りはじめてすぐ、「なんだ楽じゃん」を深く後悔した。それまでの道とはまるきり異なり、走れないほどのくだり道が続いたかと思うと、今度は延々のぼり道。しかも道が少し平地になると、先輩は走る。私もやむなく走る。自動販売機も、売店も、トイレもない。山。ときどき地図があり、その都度私たちは自分たちのいる位置を確認したが、目的地がすさまじく遠い。

しかしながら山道は美しく、木々や、葉のあいだから注ぐ木漏れ日や、開けた場所で見下ろせる町や湖は、見ていて本当に気持ちがいい。でも、しんどい。

ところどころ、展望台や休憩所があり、ピクニックや登山客がたのしげに弁当を広げていた。私はそれをいじましく横目で見て、弁当の中身をいちいち確認した。いつもだったら、唐揚げとかウインナに目がいくのだが、この日ばかりはにぎりめし。みんなの手にしたにぎりめしの、なんとうまそうなことか。だれか、おひとつどうぞと言ってくれないかと、本気で思ったりした。あの異様な米欲は、きっと疲れで体が炭水化物を欲していたのだろう。

平地と、ゆるやかなアップダウンはずっと走り、急なのぼりくだりは歩き、「高尾山口まであと六キロ」「あと五キロ」といった木の標識をうつろな目で眺め、そうしてついに民家とアスファルトの道が見えたときは「ああ、人工物が！」と思わず叫んだ。スタートから約五時間。へとへと。

それでも蕎麦《そば》屋で先輩と向かい合い、「トレランにはどんな大会があるのか」と訊《き》いている自分がこわい。大会の場所や距離を訊き「私にもできるだろうか」と訊いている自分がこわい。

私にもできるだろうか、というシンプルな疑問は、ときとして私をドツボに突き落とす。いやいや続けているランニングも、思えばそうしてはじまったのである。

「こういう道を走ります」

みんな違う顔

猫をすでに飼っていたり、猫好きの人にあきれられそうだが、私は長いこと猫はみなおなじ顔をしていると思っていた。猫素人《しろうと》だったのだ。

犬は違う。違うということが犬素人にもわかる。だいたい、犬は大きさからしておかしなくらい違う。スタンダードプードルを見て、自分たちはおなじジャンルだと、果たしてトイプードルは理解しているのだろうかといつも不思議に思う。さらにおなじ犬種でも、犬の顔ははげしく違う。

飼い主に似るとよくいうけれど、ほんとうだと思う。そっくりおなじ顔の人間に連れられて歩いている犬をよく見かける。それはきっと、顔が、というよりも犬の顔の違いかたが人間の顔の違いかたに似ている、ということなんだろうな。

猫が我が家にやってきたとき、みんな、美猫だ美猫だと言った。私はそれを不思議な気持ちできいていた。私にはごくふつうの猫に見えた。きっと、そういう種類のお世辞があってみんなそれを言ってくれているのだろうと思っていた。

猫がきてから、私は往来の猫をよくよく眺めるようになった。猫、という生きものは昔から好きで、往来を歩く猫でさわらせてくれるものはよくさわらせてもらっていたのだが、それまでとは異なる興味が生まれ、よくよく眺めるようになったのだ。

するとなんてことだろう、猫はみんな違う顔をしている。犬ほどに大きさの違いはないし、毛が短い長いと言ったってその違いはたかが知れているのに、顔がこんなにも違うとは、ああ、知らなかったことである。

額が長いのもいる。ほっぺたが横にびよーんとしているのもいる。まんまるい顔もいる。目が細いのもいれば、離れているのもいる。表情もある。すました顔もするし、怒った顔もする。

そうして家に帰って自分ちの猫をよくよく見れば、たしかに美形である。美少女、美少年などと括《くく》られる類《たぐい》の顔だとわかった。これは断じて自慢ではない。猫だからこういうことが書ける。もしこれが、自分の生んだ娘や息子だったり、家族だったり、自分で選んだ配偶者だったりしたならば、美しいなどと書けるはずがない。

猫は私が生んだのでも、そこから生まれたのでもなく、はたまた、美しいという理由で選んだのでもない。向こうから、運命のようにやってきたのだし、それより何より、猫は何も美しくなくても、みんなみんな、すこぶるかわいい。額の長いのも、目つきが悪いのも、その、額の長いところ、目つきの悪いところがかわいいのである。猫はべつに美しい必要はないと私は思う。

きっと、飼ったことのないものすべて、私は素人で、飼い主にしてみればみんな顔が違う、ということになるのだろう。ハムスターもうさぎも亀《かめ》も熱帯魚も。めだかだけはぜったいにおなじ顔だと私は信じているが、これもまた、飼っている人には区別がつくんだろうなあと思うと、顔の奥深さに感じ入ってしまう。

「猫タワーのハンモックです」

犬猫旅

正月あけに、ごく短い期間だけれど休みがとれそうだったので、夫と二人でギリシャにいった。私はギリシャは二度目である。以前はロードス島とメテオラをひとり旅。今回はアテネとクレタ島。アテネに到着して町を散策していると、裏通りで猫の団体と遭遇。そういえば、ロードス島には猫おじさんがいて、五十匹くらいの野良《のら》猫の世話をしていたなあと思い出す。このおじさん、猫に雨よけのスペースを作ってやり、野良猫たちに餌《えさ》を配り、旅行者にも「猫の写真撮りたいなら撮っていいよ、かまわないよ」とフレンドリーだった。

なんとこの猫団体にも猫おばさんがいた。キャットフードの箱から餌をざらざら出し、とたんに猫団体がそれぞれの持ち場で食べはじめる。目が合うと、「こんにちは」と猫おばさん。在アテネの日本人らしい。クレタ島でも猫おばさんに会った。彼女はボス猫だけが餌を食べ過ぎないように、ときどきボス猫を叱《しか》ってどかし、みんなが充分に食べられるよう配慮していた。

しかし本当にギリシャは猫と犬だらけ。犬はたいがい太っていて、道路をふさぐようにに寝そべっている。猫はひなたぼっこ。何匹かでいることもあれば、一匹で海を見ていることもある。市場にもいる。だれも追い払わない。いじめもしない。だから、警戒心はあるが人をこわがっていない。大通りの真ん中で犬が寝そべっていても、車も人もさりげなくよけていくのだから、ギリシャ人というのはじつに寛容だと思う。

クレタ島のレストランの、屋外席で夕食をとっていたら、猫と犬が一匹ずつ近寄ってきた。犬はテーブルのわきでじっと姿勢よくお座り。猫は、こちらが猫好きだとわかるやいなや、ひょんと膝《ひざ》に乗ってきた。料理が運ばれてきたので膝からどかすと、隣の席に座ってじっと私を見上げている。しかも、目を細め、「ひもじい」表情を作って見上げているではないか！　なんと芸達者。お店の人も怒るでもなく、放置している。もちろん犬も猫も、こちらがかまうから「いいのだな」と判断して寄ってくるのであって、苦手そうな人にはちゃんと距離をとっている。お利口なのだ。私たちは料理を分けてあげなかったけれど、そうして足元にやってくる猫に、自分たちの料理を分けている地元客をずいぶんと見かけた。

以前旅したときも思ったことだけれど、ギリシャの人たちは犬や猫にそうであるように、旅人にも寛容だ。今回の旅でも、町なかで地図を広げていたら「あなたたち、どこにいきたいの。私の職業はガイドだから、なんでも聞いていいわよ」といきなり女性に話しかけられたり、カフェでお茶を飲んでいたら、「これ、どこそこ（有名店らしい）のお菓子。おいしいから食べなさい」とおばさん二人組が急に持ち込み菓子をくれたりと、なんだかのんびりとおおらかで、どことなくユーモラスな寛容さ、寛大さに幾度か出合った。旅していて、気持ちがのびのびしてくる。大通りでおなかを上向きにして眠りこける犬や、ひなたで香箱をくむ猫の気持ちで旅ができるってことなんだろうと思う。

「隣席で、私の鞄を座布団に座っています」

もっと市場を！

異国を旅するとき、着いた町で私が必ずいくところが二カ所あって、それは宗教施設と市場だ。どんなにちいさな町にも村にも、人が密集して住んでいる場所には宗教施設と市場はかならずある。その二カ所にいくと、その村、町、市、もっと大げさに言ってしまえばその国を、てっとり早く理解できるような気がするのだ。

たとえば市場なら、色の豊富さでその国の物理的ゆたかさがわかる。野菜が多い、果物が多い、魚の種類が多い、色にあふれていればいるほど、その地域は食糧事情がいい。放っておいてもさまざまな野菜や果物ができてしまう気候のいい国の人たちは、やっぱりおっとりのどかだし、そうでないところは、人々の雰囲気がオープンではない。

そんなふうに旅して帰ってきて実感することのひとつに、東京には市場が足りない、というのがある。スーパーマーケットやコンビニエンスストアはあるが、「市場」はめったにない。めったになくてもこれだけ店があれば充分こと足りるわけだが、しかし、人間は遺伝子的に市場を求めているのではないかと、私はうすうす思っている。

　東京で暮らす人間が、地方にいき、その地域の朝市にいきあたったりすると、だから、たがが外れる。外れまくる。持ち帰ることの面倒さなどいっさい厭《いと》わず、大根だの白菜だのといったかさばる野菜を平気で買い、ひとりじゃ食べきれないほどの地方料理を買いこみ、そして後悔しない。これは、いかに日ごろ市場心が満たされていないかということの、証左だと私は思う。

　ここ最近、そんな私たちの市場飢えにだれかが気づいたのか、都内各地で週末や休日に市場が並ぶ。マルシェとかファーマーズマーケットとか、あるいはわかりやすく朝市とかと銘打って、産地や作り手のはっきりした野菜やパンや穀物が並び、料理が売られる。

　先だって、めったにいかない代々木公園に出向いたところ、広場で北海道フェアをやっていた。ものすごい数の露店のようなブースがずらりと並び、蟹や、ジンギスカンや、アイスクリームや、ふかした芋やらを、売っている。これは「フェア」と名づけられているが、いってみれば北海道市場だろう。そしてその広大なスペースに、ちょっと唖然《あぜん》とするくらいの人がひしめいていた。みんな、見るからにたがが外れている。目をらんらんと輝かせて、列に並び、何かを買い、何かを食べ、何かをさがし歩きまわっている。混雑なんて苦にしていないどころか、そもそもここが混んでいることなんて、みんな気づいていないんじゃないか？　みんなそんなに北海道が好きだったの？　と驚きあやしんだあとで、はたと気づいた。違う、これが北海道でも九州でも、イタリアでもタイでもいいんだ、みんな、ただ市場に飢えているだけなんだ……。

たぶん、私が旅人としてこの市場を見たら、きっとそのことがすぐわかると思う。「ああ、この町の人は祭りや市場が大好きなのに、祭りや市場にふだん満たされていないんだなあ」と。そうしてやっぱりそれは、旅人が知ることのできる東京の真実の一面だと思うのだ。

「これぞただしき市場！（メキシコにて）」

がら空きの店はまずいのか？

私の住む町には、個人経営の飲み屋がたいへんに多い。飲み屋の種類もさまざま。居酒屋と一口にいっても魚がうまい店、焼き鳥がイチオシの店などとそれぞれに特色があり、各国料理に特化した居酒屋もある。この町に住み続けて十六年ほどになるが、たぶんこの、飲み屋選《よ》り取り見取り状態のとりこになって引っ越せないんだろうなあ、と思う。

そういう店にひとりでいくことはめったにないが（ひとり外食は苦手なのだ）、友人や夫とはしょっちゅういっている。平日の夕食がわりにいくこともあれば、週末に飲み会をすることもある。そうすると、よくいく店というのが決まってしまう。五人以上ならここ、メンツがだれそれならここ、はじめてこの町にきてくれる人ならここに連れていく、等々。私のいく店はたいがい、混んでいて、ときには予約しないと入れない。

いきつけの店ばかりに通っていると気づかないのだが、飲み屋選り取り見取りのこの町にも、不人気な店というのが、ある。前を通りかかるとがらーんとして、店員がひまそうにしていたり、あるいは店員同士が談笑に盛り上がっていたりする。そういう店は早くて一年未満でつぶれ、また、似たような店ができている。

がら空きなのが見えるからだれも入らないのか、本当に何か（味、サービス、料金設定）うまくいってなくてだれも入らないのか、どっちなんだろうとずっと考えていた。しかしもし後者だとするなら、みんな一度はその店に入って判断しているのだろうか？　あるいは、がら空きだからみんな敬遠して入らないのだとするならば、もしかしてすごくおいしかったり魅力的だったりすることも、あるんじゃないか。

そうしてあるとき、この疑問をみずからとかねばならないときがやってきた。飲みにいったものの目当ての店がすべて休みか満席、やむなく、できて数カ月、でもいつもがら空き、みたいな店に、思い切って入ってみたのだ。

疑問の答えはごくシンプルだった。がら空きの理由はちゃんとあった。たとえばその店、メニュウはひととおりなんでもある（そのなんでもありが中途半端《はんぱ》）、決してまずいわけではない（が、おいしくもないのが中途半端）、値段も馬鹿《ばか》高いわけではない（激安でもないのがまた中途半端）、若いバイト店員は無愛想だが店長はフレンドリー（そのバランスもまた中途半端）。理由とは、つまるところ、その半端ない中途半端さ。

このとき私が思ったのは、料理がすごくまずくても、ほかに何か特出する点があれば、常連はつくのではないかということ。いちばんいけないのは、「ぜんぶそこそこ」なんじゃないか。

この町にかぎっては、がら空きの店にはきちんとした理由がある。それは裏返せば、混んでいる店にいけばまずハズレはないという確証でもある。ああ、なんとたのもしい、食いしん坊の町、飲み助の町だろうか。

「混んでいる店のふつうにおいしい焼き肉」

ぺろりといただけます

つねづね不思議に思っていることがある。

レシピ本だとか、レシピブログだとかを読んでいると、「こうすると、一個まるごとぺろりといただけます」「これなら一本ぺろりと食べちゃいます」

などという表現がある。

たとえば、レタスの炒《いた》めものとか、キャベツの蒸しものとか、にんじんのサラダとか、である。かさが減って、あるいはおいしくて、まるごと食べられる、というわけである。もちろんそれらはすべて、体にいいもの、栄養価の高いもの、カロリーの低いものであって、「ハムがまるまる一本ぺろりといただけます」や「ポテトチップスひと袋、ひとりでぺろりといけちゃいます」は、まず、ない。

そういう「まるごとぺろり」を見かけるたび、ほうほうなるほど、と思い、つい、レシピなどをメモしてしまう私であるが、しかし、ふと思う。

なぜまるごとぺろりと食べる必要があるのか？　と。

一個食べて悪いわけではない。ビタミンだのカロチンだの体にいいものがたくさん摂《と》れて、しかもローカロリーだから食べていいのはわかる、わかるが、食べていいからといって、一個ぺろりと食べなくたっていいじゃないか。キャベツでも、白菜でも、レタスでも、大根でも、そんなにぺろりぺろりとまるごと食べていたら、たいへんなことになるのではないか。

あるいは「一個まるごとぺろり」って、単なる形容詞なんだろうか。だれも一個まるごとぺろりとなんか食べていない。そのくらいおいしいんですよ、という表現。もしかしてそれは一般常識で、「そんなにみんなまるごとぺろりと食べているのか……」と本気にしているのは私ひとりなのだろうか。いや、でも、レシピの「材料」部分を見ると、たしかにキャベツ一個とかレタス一個とか書いてあるしなあ。

「一個まるごとぺろり」には、しかも、誇らしさが漂っている。「どう？　一個まるごとぺろりと食べられちゃうんだから」と、胸をはって言っている響きがある。この誇らしさもあらためて考えれば奇妙である。一個まるごとたいらげて、なぜ得意になる？

　私は毎日、夕食時にワインを一本飲む。ワインは専用の栓をしても、翌日に持ち越すと質が落ちるから、飲みきったほうがいい。一本なら二日酔いになることもない。が、そう言うと、たいていの人が「えっ」と驚く。「ひとりで？」と訊く。「ふたりじゃなくて、ひとりで一本飲むの？　毎日？」と念押しして訊く。

　ワインだってポリフェノールが豊富なのだ。ああ、なのに、あの魅惑の「まるごと一本ぺろり」感が、まるでない。「この料理ならワインまるごと一本ぺろりと飲めちゃいます」って、なんだかぜんぜん、魅惑的じゃない。惹句《じゃっく》としてなりたたない。おかしいなあ。

「これもぺろり、なんですが」

やめられません

このあいだ、この欄に、「ぺろりとまるごといただける」という表現への違和感を書いた。ぺろりと一個まるごと食べなくてもいいのではないか、と。

もうひとつ、「ぺろり」とよく似ていて、でも「ぺろり」よりよほどおそろしいと思っている言いまわしがある。それは、「やめられないおいしさ」というもの。つまり、おいしすぎて食べやめられない、手がとまらない、という表現である。

かっぱえびせんのキャッチフレーズが、そうである。やめられない、とまらない、というコマーシャルソングもあるし、パッケージにもそのように記されている。そうしてかっぱえびせんは、食べはじめたら私は本当にやめることができない。もちろん個人差はあるだろう、でも私はやめることができない。もうじきごはんだからもうやめよう、もうやめよう、と思いつつ、いつしかうつろな目で食べ続け、ひと袋ぜんぶ食べてしまいそうになって、あわててやめる。小袋サイズのかっぱえびせんを見たときは、だからほっとした。

やめられない食べものというのは、人によってさまざまだが、本当にある。そして私は食べやめられないことが、こわい。だって本当にとまらないんだもの。それが深夜であろうが、ケーキを食べたあとであろうが、二キロ太ったことを激しく嘆いているときであろうが、とまらないものはとまらない。「だれかとめてーっ、私をとめてーっ」と思いながら、食べ続ける。

なんとおそろしいことだろう。

それはそれだけおいしいってことである。だからこわがることなんてないのかもしれない。スナック菓子だけではない、おいしくてとまらないものは多々ある。たとえばさくらんぼがそうだ。山盛りのさくらんぼを食べはじめると、いったいいつ食べやめていいのかがわからなくなる。冬の蜜柑《みかん》でそうなることもある。数の子ノンストップもあるし、蟹ノンストップもある。チョコノンストップもある。やっぱりぜんぶこわい。

食べている最中に、脳みそから何か快楽物質が出てきて、恍惚《こうこつ》として、ほとんどコントロール不可にそれらをむさぼり食べ、恍惚のあまり目がうつろ、ほぼ無表情で手と口だけ動かし、人と会話することも忘れる、そんなふうな「やめられない」食べものと、やめられない自分が、本当に私はこわい。

だから「やめられないおいしさ」などと宣伝文句として謳《うた》われていると、ヒッと思って、まず避ける。近づかない。触れない。試食品があっても、ぜったい、口に入れない。入れたら最後、やめられないに決まっている。

　避けつつ、でも思うのだ。きっと本当においしいんだろうな。やめられなくなるんだろうな。あの恍惚を味わえるんだろうな。……なんて危険な、やめられない食べもの。

「とまらないけど買ってしまう好物です」

血液型ダイエット

占い全般はたいていなんの疑いもなく信じるので、もちろん血液型占いも信じているし、独自の統計データで「O型とA型は合うと一般的に言われているし、たしかに合うのだが、それはその組み合わせだとO型がA型の言うことをきいてしまうから」などと勝手な情報追加までしていたりする（あくまで私感です）。

でも、血液型ダイエットなんてものは信じていなかった。一時期、そのダイエット法が有名になったこともあって、どういう論理でどういうダイエット方法なのかは、なんとなく知っていた。O型は狩猟民族だから肉を食べても太らない、A型は農耕民族だから米を食べても太らない、というようなことだ。太らないというのはつまり、その体質にその食材が合っている、ということだ。

ところが、である。この説、正しいのではないかとこの数年、思いはじめている。

数年前、雑誌の企画で半年間、ダイエットをした。よんどころない事情があって恥もろとも引き受けた仕事だったのだが、この半年間で、食べたものと朝晩の体重をメモする癖がついた。もう、三年ぶんくらいのメモがある。そうすると、ひとつの傾向がわかってくる。

私は焼き肉屋にいくと、肉しか食べない。小食なので、ナムルやらスープやら野菜焼きやら冷麵やらを食べてしまうと、それだけ肉を食べられなくなるので、肉以外を避けているのだ。すると翌日、体重と体脂肪が減っている。最初は、「そんなに食べなかったんだろう」「たまたまだろう」と思っていたが、三年続けて確実にそうだということがわかった。

そうして鮨《すし》だと翌日体重と体脂肪は増えている。カロリー、脂的に、おかしな話である。

外食ではなく、自宅でもそう。私は毎晩夕飯時には酒を飲むので、基本的に炭水化物は食べない。つまみのごとくおかずの品数を多く作り、それを食べるのだが、ときどき、無性に食べたくなって炭水化物をメインにした夕食にする。カレーとか、ジャージャー麵とか、炊《た》き込みごはんとか。そうすると、翌日、どっしり増量しているのである。

と、この話を友人にしたところ、なんと「私もよ」と言うではないか。血液型を確認するとはたしてO型。べつの友人は「私は米を食べても体重は増えないけど、肉がてきめん」と言うが、彼女はA型。「そうか、ぼく、結婚してから十キロ太ったんだけど、かみさんがO型でぼくがA型、O型食を十年食べていたからだな」と言う男性も出てきた。

こうなると、信じざるを得ないじゃないか。

もちろん、血液型にくわえ体質というものがあるので、このエッセイを全面的に信用しないでほしいのだが、でも、万人にきくダイエット法なんてないんだなと私は思うに至った。何を食べたら自身の体重にどう変化があったのか、まず分析したほうが早いのではないかと、最近思う。

ちなみに、「だけ」のつくダイエットは、すべて効果なしというのが私の実践結果である。「だけ」プラス、運動なり食事制限なり、何かはやっぱりしなければならないのだ。トホ。

「好物でよかった」

富士登山しました

元来、体を動かすことは苦手である。今までに何回か山に登ったことはあるが、ほとんどが仕事。どのような仕事か知っていれば、お断りしただろうほどのハード登山だったのだが、そうと知ったのは現場ですでに歩き出してから。仕事以外の登山は一度きり。みんなで温泉にいって、近場にある山に登ったのだが、私はハイキング気分で参加したのであって、二千メートルを超える、熊《くま》よけの鈴が必要な登山だと、歩き出してから知った。これまた、知っていれば登らず、宿で待っていただろうなあ。

その数度の山で、登山に目覚めたなんてこともなく、逆に「山」関係の仕事の依頼には慎重になったというのに、このたびなぜか、友人たちと、富士山に登ろうという話になった。

自主的に、山。このあり得ない計画をなぜたてたかといえば、「夏の富士山は楽勝で登ることができる」と聞いたからである。計画したみんな、類は友を呼ぶの通りの非運動系だが、どこかでだれかが「夏の富士は楽勝」と言うのを聞いたのだ。

だれもその言葉を疑わず、私たちは山小屋を予約し待ち合わせ時間や下山後の予定などをわくわくと決め、それぞれ、登山グッズを買いに走った。

「初心者なんですけど、今度富士に登るんです」と説明して、お店の人に登山靴や登山服を選んでもらったのだが、やっぱりここでもだれも彼もが「ああ、夏の富士はむずかしいことないですよ。だから、このクラスで充分」と、本格的なものより、お洒落度が高かったり、携帯に便利だったりするものを勧めてくれる。

冒険家の石川直樹《なおき》さんにお会いする機会があったので、「今度富士山に登るんですが、初心者でも平気でしょうか」と訊いたところ、「夏の富士はぜんぜん問題なく登れます。ただ、最初から最後まで、おんなじペースで歩いてください」とのアドバイスつきの返答。はたまた、友人のおとうさん（七十歳）も山開き直後に登ったらしい。まったく平気、とその友人から聞いた。

これだけみんながみんな、楽だというのなら、楽なのだ。

そうして当日、登りはじめて早くも一時間後、場所でいえば七合目から先、今まで聞いた夏の富士関係の言葉をすべて鵜呑《うの》みにしたことを、幾度後悔したことだろう。

そりゃ、七大陸最高峰を全制覇した（しかも当時で最年少）石川さんには問題ないだろう、登山グッズ店で働く山男たちにだって問題ないだろう、体育会系の七十歳にもきっと楽勝のはずだ。でも、常日ごろ青信号が点滅していても走らない、階段を使わずエレベーターをさがしまわる四十三歳が楽勝かどうか、少し考えれば理解できたはずなのだ。

本当にしんどかった。本当に、本当にしんどかった。石川さんの、「最初から最後までおなじペース」というアドバイスにすがるようにして、涙をこらえ歩いた。だって歩かなきゃ、帰れない。

もし来夏、富士登山する人に訊かれたら、私は言う、「想像を絶して困難です」と。私だけは、言う。

「ご来光をうつくしいと思う余裕もありませんでした」

ブームはいつまで

結婚式ブームというものがある。

私には、格式通りの結婚式を挙げる友人はたいへんに少なかったのだが、それでもささやかながら、結婚式ブームはあった。

私の場合、まず二十六、七歳のころに一度、きた。友人たちがこぞって結婚するのである。結婚式、披露宴、というものを、ものごころついてはじめて体験した。披露宴はとにかく華やかなものが多く、フランス料理のコースに鮨がついていたり、新婦の親戚《しんせき》がかっぽれを踊りはじめたりと、支離滅裂なものもあり、おもしろかった。引き出物セットも大きくて、ものすごい量のいろんなものが入っていた。

それからいったん落ち着いて、今度は三十三、四歳。ふたたびの結婚ブームである。このころになると、結婚式、披露宴はだいぶシンプルになり、支離滅裂なことも減る。

同級生たちがてんとう虫の歌をうたったりするのもめったに見なくなる。なかには、「あれ、数年前にもあなたを祝わなかったっけ」という再婚組もいたりした。第一次ブームのときは、新婦友人たちのドレスはじつに色鮮やかだったのだが、この第二次ブームはなぜか急に暗い色合いになる。みんな、パステルカラーのドレスを着るのが恥ずかしくなってくるのだ。

それからは、結婚式はぽつりぽつりとあるだけで、ブームというほどのことはなかった。「そうか、二回きて、もう永遠にブームは訪れないのだな」と、感慨深く思ったものだった。三十代後半になると、結婚はしても式自体をしない人もずいぶん増える。

第二次のときあたりは、第一次のものめずらしさもなくなり、ドレス購入やご祝儀《しゅうぎ》の出費が痛く、しかも二回目の人には「三回目はないだろうな」的な気持ちすら抱いたものだが、もうブームは終わり、と思うと、ちょっとさみしかった。派手な結婚式って、なくなるとこんなにさみしいものなのか。

ところが、あったのだ、第三次ブーム。四十代の私の友だちがこぞって式を挙げるのでは、もちろん、ない。ひとまわり年下の友人たちのブームである。

この二カ月ほど、週末がずっと結婚式である。三十一歳新婦だったり、二十九歳新郎だったり、二十七歳新婦だったりする私の友人は、みな仕事関係で会った人たちだ。

この第三次結婚ブームで気づいたことがある。なんと結婚式、披露宴に臨む私は親の気分になっていて、スピーチを聞いて涙、招待客の歌を聴いて涙、二人の子どものころからのスライド写真を見て涙。これが第二次ブームのときであれば、「こんなに泣いていたら、新郎と何かあったのかと勘違いされる」と懸命にこらえたものだが、今やそんな心配もなし。存分に泣けるのである。親族席の人たちと同様に。

思えば遠くへきたものだ。

「結婚式のケーキも、だいぶお洒落になりました」

ついにここまで

新聞を読んでいたら、「クリスマスプレゼント、期待しない」という見出しがあった。何ごとぞ、と読んでみると、クリスマスプレゼントにいくらくらいのプレゼントを期待するかという、某デパートが十代から六十代の女性に実施したアンケート結果が出ていたのだった。なんと四十パーセントもの女性たちが、こういうご時世だから、いりませんよなんにも、と答えているらしい。

ついにそういう時代になったんだなあ。と思い、はっとする。でもこういう調査って、バブル時期を下敷きにしていないか？

私が学生だった八〇年代後半、世のなかはすこぶる好景気で、クリスマスに男の子が使う平均予算というアンケートもあって、それが五万とか十万とかたいへんな額だった。女の子と馬鹿高いクリスマス限定メニュウを食べて、シーズン価格になっているホテルに宿泊するために、アルバイトをする男の子もいた（と、聞いただけ。遭遇したことはない）。クリスマスは男女間でお金を遣うもの、という思想は、この時期に刷り込まれたものなのではないか。その前提があってこそ、「クリスマスにいくら遣うか」なんてアンケートが成り立つのだ。

いりません、なんにも、という答えは、プレゼントは高額なものでなくてはならないということを前提としているように、私には思える。

しかしながら、プレゼントのないクリスマスなんて、ほんっとうにたのしいのだろうか？　だったらクリスマスを祝うことなんてやめてしまえばいいのではないか？　と、私が不思議に思うのは、何も好景気の刷り込みのためではない。私は昭和の四十年代生まれだが、ものごころついたときからプレゼントをもらわなかったクリスマスなんて、ない。もちろんそれらが高価なものだったはずはない。ぬいぐるみとか本とか、文房具とか、である。それがなぜ、成人男女間のプレゼントになると、オールオアナッシングみたいになってしまうのか。つまり「〇万円のもの」か、「いりませんよなんにも」か。

ずっと前、十一月から十二月のあたまにかけて、アイルランド各地を旅しながら過ごしたことがあって、日が経《た》つにつれてどの町もクリスマス色が色濃くなっていくのがたのしかった。十二月最初の週末の都会はすごかった。メインストリートが、プレゼントの買い出しにきた客であふれかえる。まるで新年の神社状態である。アイルランドといえば根強いカトリック国。クリスマスの贈り物は聖書にのっとった強固な習慣なのだ。こんなに混雑しているのに、買い物客はぶつかってもにこにこしていて、売り子は忙しくてもやっぱりにこにこしていて、それはたぶん、全員が、贈り物を贈る相手のことを考えているからではないかと、そのときの私は思ったのだった。

こういうご時世だからこそ、「プレゼントは期待しない」ではなく「プレゼントには創意工夫を」と私は言いたいのである。だって、プレゼントなし、がご馳走《ちそう》なしになって、ケーキなしになり、いっそクリスマスなし、になったんじゃ、やっぱりさみしいもんね。

「マリにいってました。ホテルにいたオウムです」

逃避パン

我が家に家電のニュースター、ホームベーカリーが登場したことは以前ここに書いた。

もののみごとに、はまった。材料を入れるだけで焼き上がってしまう食パンばかりか、丸いテーブルパン、全粒粉の入ったパン、はちみつパン、スコーンと作り、挙げ句、四国からうどん用の粉を取り寄せてうどんまで作っている。

問題は、作る量が食べる量をはるかに上まわってしまうこと。こんなにパンを作っているが、私はそうパンが好きというわけではない。スコーンに至っては、ちっとも好きではなく、人生で二度ほどしか食べたことがない。だから自分で焼いたスコーンが、うまくできたのかどうかさえもわからない。でも、作りたいから作る。丸いパンだと、一度に十個ほど焼き上がる。私が一日に食べるパンは、朝食用にひとつ。ともに暮らす家族はごはん派でパンは食べない。ね、需要と供給バランスがへんでしょう？

でも、自分で焼いただいじなパンだ。冷凍庫に保存する。冷凍保存すると、焼きたての風味が損なわれない。そんなわけで、私の家の冷凍庫には現在パンとスコーンがごろごろ入っている。それでもう一カ月ぶんの朝食がまかなえるのに、それでも気がつくと、今度は何パンを作ろうかと仕事の合間に考えている。

そこで、はたと気づいたのだが、粉には魔力がある。

以前、親しい女子編集者が、会社で嫌なことがあると帰宅後パンを焼くのだと言っていたことがある。編集者の夜は遅い。だいたい日付がかわるころ。そんな時間に帰って、ホームベーカリーでなく彼女はご自身の腕で、粉を練るのである。練って練って、そうして焼く。気持ちがスーッとするらしい。

彼女が、（そうとは言っていなかったが）嫌なことの原因である上司だか作家だかを呪詛《じゅそ》しながら台にばちんばちんと生地をぶつける様を想像すると、たいへんにおそろしいが、でも、もちろんその「ぶつける」だけが醍醐味《だいごみ》でもないのだろう。粉をさわってこねて、ぶつけてふくらまして成形するという、粉過程のぜんぶが、気持ちの鎮静作用をもたらしているのだと思う。なぜなら、その「こね」部分をすべて機械にゆだねている私も、仕事中に粉のことを考えていると気持ちがスーッとし、「週末に思う存分粉を練ってやる」と思うと、締め切り地獄で世をすねる気持ちも「よっしゃがんばるデ」と前向きなものに切り替わる。

粉にはそういう、逃避というか鎮静というか癒《いや》しというか、魔力があるのだと私は思う。粉って偉大。きちんと食べられる何ものかになるし。

冷凍庫にごろごろ詰まっているパンやスコーンは、つまるところ、締め切り地獄の地獄度と比例しているのであろう。……と思ったら、冷凍庫を開けるのがなんだかおそろしくなってきたなあ。

「これが私の逃避パン。みごとでしょ」

私が子どものころは、世界が今よりずっと単純だった。みんなおんなじテレビを見ていたし、みんなおんなじ歌を聴いていた。おんなじ漫画を読んで、おんなじアニメを見ていた。だから今現在、それらの共通体験を下敷きに盛り上がることが可能だ。たとえば「ミーちゃんだったか、ケイちゃんだったか」だの「りぼんかなかよしか」だのと問えば、それが何かを説明せずともたいがいの人は即答するだろうし、「ハイジ」の名を出せば「おんじのチーズが」とか「ユキちゃんが」とか「白パンが」とか、自分の琴線に触れたキーワードが必ずや出てきて、それがなんであるかこちらにもきちんとわかる。

チャンネルが、つまりは一個だったのだ。そのチャンネルに合わない趣味を持つ子どもはなかなかにつらかったと思うが、しかし、ほかのチャンネルがないのだから、つらいということにも気づかなかったろう。そのチャンネルが多岐にわたりはじめるのは、中学にあがるころだった。

その私たちの世代に共通の、もっとも不思議な現象に、丸文字、というものがあると私は勝手に思っている。

丸文字。その言葉どおり、まあるい文字である。

私が小学校三年生くらいのときに突如はやり、猛烈な勢いで浸透し、女子たちは全員、ほんとうに全員、丸文字を書くようになった。ハネもハライも無視した、こんもりと丸い文字で、これがいきすぎると、判読不明の暗号のようになるが、しかし当時は、いきすぎた丸文字を書ける女の子は、流行最先端と見なされた。

ミャンマーを旅したとき、タイともラオスとも違うまるっこーいミャンマー文字を見て、「あっ、丸文字！」と思ったことがある。本当に、今思うとあの文字は外国語のようであった。

流行は三年くらいで廃《すた》れ、そのころにはみんな中学生になり、丸文字はいくらなんでも、という雰囲気になる。さらに年齢が上がっていくと、いくらなんでも、を通り越し、丸文字は子どもっぽくなり、高校卒業も近づくころには、ただ字が汚いと見なされるようになる。だからもと丸文字少女たちは必死で修正を試みる。しかし、その流行に心血を注いだ女子ほど、修正はむずかしい。文字の一部に、かすかに丸文字の片鱗《へんりん》がこびりついている。何を隠そう、私こそ、その後にたいへん苦労したもと丸文字少女である。

と、そんなことを思い出したのは、よくいく病院の受付の女性の文字が、まさにもと丸文字だからである。診察券や薬の処方注意の文字に、丸文字の片鱗が残っている。それを見るたび「あ」と思う。「あ、あなたは小学生のときピンク・レディーのふりつけを真似《まね》しましたね、フランダースの犬を見て泣きましたね、キューティーハニーの歌を（リバイバル前から）うたえましたね」と。

この女性、先だって、「カクタさんってずっと年下かなと思ってたら、私と同世代なんですねえ」と笑顔で話しかけてくれたのだが、私は内心で、（私はとうに知っていたさ……）と、深くうなずいたのであった。

「丸文字ならぬ丸猫」

メモ帳マジック

作家としてデビューしたばかりのころ、私はメモ帳を持って歩いていた。何か思いついたときにメモしよう、と思っていたのだ。エッセイのネタ、小説の言いまわし、テーマ、等々、ふと思いついたあれこれを。

が、町なかでメモを開くことはあんまりなかった。人前でいきなり何か書き出すという行為が恥ずかしかったからでもあるけれど、そもそも何も思い浮かばなかったのだ。

思い浮かぶことは、ある。でもそれは、寝入りばなの一瞬とか、出かけ間際《まぎわ》の玄関先とかで、メモ帳を携えているときではない。何かを思いつき、メモメモメモ、とさがすのも面倒で、結局、メモ帳はまっさらなまま。

私はメモ帳を持つのをやめた。するとどうだ、バスのなかで、電車のなかで、喫茶店で、メモのできる場所で思いつく思いつく。

　これはメモ帳マジックである。メモを持っていると思いつかず、メモがないと思いつく、普遍的マジックが存在するに違いない。そういうものはほかにもある。準備万端に持っていると使う機会はないのに、忘れたとたんに必要になるもの。たとえば傘とかね。ハンカチとかね。

　それで私はメモを持つのをやめた。思いついたことは、覚えておけばいい、と思ったのだ。覚えておけないことは、覚えておけないくらいだもの、たいしたことではないのである。

　そうしてみると、本当に覚えているものと覚えていないものがあって、覚えていないものはたいしたものではなく思えてくる。

　長らく私はそのたいしたもの方式でやってきた。たいていのことは覚えている。だから、たいしたものなのである。たいしたものは、実際に私の書いた小説やエッセイやあちらこちらに散らばっている。

　ところが近年、異変が起きつつある。おそらく加齢による記憶力の低下だ。思いつく。慣れている。「ふーん、覚えとこ」と思う。仕事場にいく。何か思いついたな、ということだけ覚えていて、思い出さない。ま、いつか思い出すさ、と待っていても、思い出さない。二日たっても三日たっても思い出さない。なんだかものすごくいいことだった気がしてくる。それを私は逃したのだ。一週間ほどがたってしまうと、消えた……と思う。泣きたい気分。

携帯電話に「メモ帳」という機能がついている。これはメモ帳であってメモ帳ではない。だって携帯電話だもん。だからメモ帳マジックは手出しできない。そう思い、このあいだ思いついたとき、メモしてみた。私はどちらかといえば昭和に属する人間なので、携帯電話で文字を打つのが苦手だが、それでも必死に書いた。立ち止まらないと文字キーが打てないので、雑踏のなか立ち止まって書いた。

そして今、そのメモ機能を開き、「菜の花、豚肉。だんだん、する。」というメモが何を意味するのか、深く考えこんでいる。前者は買いもののメモとしか思えないが……。

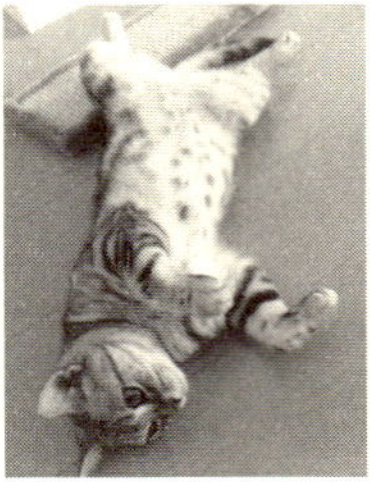

「彼女はメモしなくていい生活を送ってます」

こたつ願望

冬になると、こたつ願望が募る。

こたつ、ほしいなあ、と思う。こたつでみかん食べたいなあ、と。

それにしてもこたつでみかんってなんなんだろう？　私の育った家にはこたつがなかったから、そんな記憶はない。したがって郷愁ではない。でも、だれしも一度は思うはずだ、こたつでみかんが食べたいと。これは日本人の遺伝子に刷り込まれた何かなのか？

正確に言えば、私の育った家では、一度こたつは導入され、そうしてすぐ廃止された。理由はたぶん、散らかるからだろう。私の母は潔癖性といっても差し支えないくらいの、強迫観念的きれい好きだったので、こたつは耐え難いものがあったのだろうと想像する。

ひとり暮らしをはじめて二度、こたつを買ったことがある。はじめてひとり暮らしをしたとき買い、ワンルームにこたつを置き、引っ越しの際処分し、十年後くらいにもう少し広い部屋に引っ越してから、また買った。そのこたつが、私の仕事机だった。夏は布団《ふとん》のないこたつでキーボードを打ち、冬は真正こたつにしてキーボードを打つ。が、そのこたつも今はない。

こたつがあると散らかる。これはもう運命のようなものだと思う。

こたつを最後に処分したときの部屋のことは、今でもよく覚えている。そこが仕事机だったから、私は一日じゅうこたつに半身を突っ込んでおり、そのまま資料、ゲラ、依頼ファクス、郵便物、読みさしの本、等々、引き寄せて、周囲に置く。畳の床が、それらできれいに隠された。母のようなきれい好きではない私も、さすがにその状態に辟易《へきえき》した。片づければいいのだが、次の日にはまた同じ状態になる。だってそれが運命だもの。

来客があるときは、この部屋を見せないよう、襖《ふすま》を閉め切り「機織《はたお》りの間」と見なしていたのだが、来客が帰り、襖を開け、「テレビでよくやっている、片づけられない女の部屋みたい」と思い、「みたい、というか、そのままだ」と気づき、ちょっとぞっとして、またまたこたつを処分したのだった。

こたつがないと、不思議なことに、部屋はあそこまで散らからない。以来、私はこたつを買わずに暮らしている。今思い返すと、よくこたつを仕事机にしていたものだ。だって自動的に眠くなるではないか。もしかしたら一日の大半、じつは寝ていたのかもしれない。よく覚えていない。

こたつは散らかるとわかってはいるものの、冬になるとまたぞろこたつ願望がわきあがってくる。こたつでみかん食べながらテレビみたい。友だち呼んで、こたつ入って麻雀《マージャン》やって、飽きたらこたつで鍋《なべ》して、鍋のあと、手が黄色くなるまでみかん食べたい。そうしてそのまま、「ちょっとだけ」って横になって、うとうとして、脚がやけどしそうに熱くなって「うわ、あっちー」と目覚めたい。

こんな細部まで思い浮かべて懐《なつ》かしがる私、もしかしてまた、こたつに手を出すのだろうか……。

「知人宅の猫。冬の猫もぬくいですね」

火の手、水の手

『みどりのゆび』というお話を子どものころ、読んだ。男の子が、町にも武器にも花を咲かせてしまうような話だったと記憶している。

私はみどりの指を一本も持っていない。なんでも枯らす。驚くほど枯らす。サボテンだって枯らす。日本では、火の手水の手、というらしい。水の手は、さほど世話をしなくとも植物をうまく育てられる人のこと、火の手は逆に、どんなにがんばってもなんでも枯らしてしまう人のことらしい。

火の手の私は、ひとり暮らしをはじめた二十年以上前から、「緑のある部屋」に憧《あこが》れている。そりゃあもう、よだれを垂らしそうなくらい、憧れている。それで、買う。引っ越すたびに、買う。でもきちんと枯らす。

ある男友だちは水の手の人で、人からもらったちいさなゴムの木を部屋に放置しておいたところ、ぐんぐん、ぐんぐんのびて、なんとマンションの部屋の天井に届くまでになった。ある女友だちの家では、年がら年じゅう蘭《らん》の花がうつくしく咲いている。お祝いごとなどで蘭をもらうことはよくあるが、私はワンシーズン花を咲かせておいたことがない。世話をしても枯れてしまう。なのに彼女の家では、もう何年もきれいに花をつけているそうだ。「そんなにむずかしくないわよ」とまで、言う。

まったく文句を言いたくなる。だってこの人たち、とくべつなんにもやっていないのだ。私ときたら、一年前にクワズイモを買って、お店の人に聞いたとおりに水をやり、陽当たりを考え、冬と夏で陽射《ひざ》しの角度が変われば重い鉢を引きずって移動し、葉っぱに埃《ほこり》がたまれば拭《ふ》いている。なのに、白いちいさな虫がついてしまい、絶望するような気分で花屋にいって事情説明、薬を買って散布して、風通しをよくするようにと言われて窓を開け……なのに、ああ、ついに枯れてしまった。

枯れてしまっても捨てるのはしのびなく、巨大な鉢を仕事場のベランダに出しておいた。また枯らしてしまった、という気分から立ちなおったら処分しようと思っていた。

ところが、このクワズイモ、ベランダに出しておいたら、なんと枯れた幹から緑の芽が出て、すくすく育ちはじめ、「えっ、枯れてたんじゃないの」という私の声を無視し、放置後数カ月で緑の葉を次々に開かせた。

ば、馬鹿《ばか》にされている。私の世話では枯れるくせに、外に放置なら育つのか。そんなに私の手にかかりたくないのか。観葉植物って、室内に飾るべきものなのに……。

室内で緑をたのしみたいのだが、せっかくすこやかに育ちはじめたのだから、ベランダに続くガラス戸越しに観賞することにします。だから勝手にぐんぐん、育ってくださいクワズイモ。

「私の手を逃れたとたん、元気に」

春の思い出

私は春生まれなので、春という季節がじつに好きだ。あたたかくなるのも、木々が芽吹くのも、花が咲くのも、花見の相談が行き交うのも、ちっこい子が真新しいランドセルを背負って往来を歩くのも、ぜんぶ好もしい春の風物詩である。が、春には、不名誉な一面もある。春になると増えるもの、といえば、おかしな人、である。

本当に不思議だが、春になるとたしかにおかしな人は増える。携帯を持たず、でも大声でだれかと会話しながら歩く人とか。電車のなかでずーっとひとり呪詛の言葉をつぶやいている人とか。そういう人に遭遇すると、みな、あまりの不可解に淡い恐怖を感じ、そしてそれをなんとか理解の範疇《はんちゅう》におさめようとして「春だからね」と、言い合ったりする。

今から十五年くらい前のことである。私はそのとき、二階建てのテラスハウスに住んでいた。四軒連なる長屋式住宅で、そのいちばん角っこが、私んちだった。ある日の夜、友人たちから近所で飲んでいると電話をもらい、合流するため、玄関わきの風《ふ》呂《ろ》場《ば》とつながる洗面所で、髪を整えていた。風呂場の窓にふと気配を感じ、玄関ののぞき窓から確認すると、玄関ドアと風呂場の窓のあいだの空間に、だれかが立っている。え？　と思い、二階に上がり、二階の窓からそっと確認する。やっぱりだれか、立っている。どうしようどうしようと、部屋を無意味にうろうろしているうち、あまりの恐怖に震えてきた。数分後窓から覗《のぞ》くと、まだ、黒い影はそこにある。悩んだ末、警察に電話をかけて、知らない男が玄関先に立っていると震え声で伝えた。

その男は、その場で捕まって、警察署に連行された。私も事情を話すため、別のパトカーで警察署にいくことになった。生まれてはじめてパトカーに乗った。

長時間の質疑応答のあと、捕まえた男の人を取り調べていた警察官が、限られた情報だけだが、教えにきてくれた。その男は、一カ月ほど前に駅から私のあとをつけ、その後、住まいをずーっとのぞきにきていたそうである。どことは教えてくれなかったが、「びっくりするくらい有名な会社の人だよ」とのことであった。そんなに何度ものぞきにこられていたなんて、と、私が震え上がると、警察官は「まあ、春だからね、魔が差したんでしょう」と言い、「それに、うしろ姿だけ見てあとをつけたって言ってたから、だいじょうぶ。町で会っても向こうはわからないから」とつけ足した。さらに、この警察官、よほど私を安心させようとしてくれたのか、「うしろ姿だけしか相手は見てないから！」「顔を見てあとをつけたんじゃないから！」と、私が帰る間際まで、幾度もくり返していた。それはそれで安心なのだが、しかしそんなに「うしろ姿だけ」を強調されると、しまいには「顔を見ていたらあとをつけなかったから平気」と言われている気になって、それはそれでなんだかおもしろくなくなるのだった。

まったくうつくしくもなんともない、私の春の思い出である。

ゴールデンウィークの過ごしかた

四月の半ばごろになるとそわそわする。ふだんは月末に締め切りを設定している雑誌が、「ゴールデンウィーク進行」という名のもとに、いっせいに締め切りを早める。その時期、印刷所などがお休みに入ってしまうので、いつもより早く原稿を集めなくてはならないそうだ。ゴールデンウィーク進行で、と何度も聞いているうち、「ああ、もうすぐ長い休みがやってくるのだ」と、いやがおうにも思ってしまう。そしてそわそわする。

けれど実際のところ、思い出せるかぎり思い出してみても、私の人生にゴールデンウィークが介入してきたことなど、ただの一度もない。中高生のときはクラブ活動のため、ひとけのない学校にいっていたし、大学生のときもサークルの合宿や練習にいそしんでいた。大学卒業後、私はすぐ物書きになったが、三十歳を過ぎるまで、仕事がまったく忙しくなく、ほぼ毎日が休日といって差し支えなかった。この十年ほどはその逆で、忙しすぎて土日以外は毎日仕事をしている。

ゴールデンウィークが、だからどんなにすばらしいものか、私は感覚としてまったく知らないのである。知らないのにそわそわする。

そしていざゴールデンウィークに突入すると、そわそわは極まってじりじりしてくる。テレビには渋滞の高速道路が映し出される。人でごった返す成田空港が映し出される。何かイベントをやっている観光地が映し出される。なんだかすごくたのしそうなことになっている。日本じゅうのみんながみんな、どこかに出かけて何か珍しいものを見て、げらげら笑って夜はバーベキューをしている気がする。

そしてそれと正反対に、いつもと同じように仕事場でパソコンに向き合っている私のところには、一本の電話も、一通のメールも、一枚のファクスすら送られてこず、異様にしーんとしている。世のなか、みんな観光地でイベントでげらげら笑ってバーベキューなのに！　それで仕事場からの帰り道、牛すじ肉とか、豚肩ロースのブロックとかを買って、家に帰ってひたすら煮込む。この「煮込み」は、私にとってのささやかなゴールデンウィーク参加表明なのだ。世間はせっかく黄金の休日なのだから、鯵《あじ》だの生姜《しょうが》焼きだのといったちまちました夕食なんか作りません、どーんと煮込んだ料理を作るのです、という、みみっちい表明。

しかしゴールデンウィークも半ばを過ぎると、煮込み料理を作るのも嫌になるほど、置いてきぼり感を味わっている。せっかくメールもファクスもないのに仕事に集中できず、「あーあ、いつか私もゴールデンウィークらしいゴールデンウィークを過ごしたいなあ」とぼんやり考え、通常の、鰺だの生姜焼きだのの献立を作り、地味に食す。

ゴールデンウィークが終わり、通勤電車が通勤客で混みはじめると、妙な安堵《あんど》を覚える。いつもは苦手でしかたのない混雑電車なのだが、「ああ、みんな、お帰り、お帰り！」と、疲れた顔の乗客の肩を、疲れた顔で笑みを作ってたたいてまわりたくなるほどだ。

それがこの数年の、私の地味なゴールデンウィークである。

「どんなゴールデンウィークを過ごしましたか？」

加齢とイケメン

私たちの世代は往生際が悪い。加齢のことである。自分がおばさんだと、どうも認めない傾向がある。自分を顧みたってそうだ。二十代の子をターゲットにした洋服屋で、恥ずかしげもなく服を買う。三十代前半の人たちが読む雑誌を平気で読むし、話題のレストランに我先に出かけようとする。

自分の母親の世代を思えば、彼女たちは潔《いさぎよ》かった。四十過ぎはみんなおばさんだった。購読雑誌は『ミセス』だったし、デパートではきちんとおばさんフロアに直行した。自分ちの子どもが小学生になれば、みーんなきちんとおばさんを引き受けたのだ。

私たちは、違う。いつまでも引き受けられないナ、と自分を見てもまわりを見ても、思う。私はその自覚が大いにあるので、昨今、年齢を言って「若くみえますね」などと返されると、本気で恥じ入る。おばさんを引き受けない自分を、見透かされているように思うのである。

おばさんを引き受けない私たちは、だから、たいていのことにがんばってついていく。ついていかざるを得ないような世のなかではあるのだが。たとえば携帯電話だって使える、メールだって短文だが携帯電話で打てる、パソコンも使えるしＡＴＭの操作もわかる。ブルーレイの録画だってがんばってやる。新しい音楽もひととおり聴いてみるし、テレビドラマも映画もはやっていると言われれば観《み》る。私の母親がビデオ録画の時点ですべての理解を放棄していたことを思うと、私たちはやっぱり驚異的にワカモノについていっていると思う。

だからときどき、自分が何歳であるのか実際に忘れてしまう。気持ちだけでいえば、二十七歳くらいの感覚なのだ。その時点で精神的成長が止まっているから。

そんな私が、自分の年齢をじつに生々しく思い出すときがあって、それは、駅の階段を駆け上ったときでも、固有名詞がなかなか思い出せないときでもなくて、イケメンと言われる俳優やタレントを見たときだ。わからないのである、その良さが。

まだ三十代だったころは、自身の好き嫌いは別にして、なぜその人がイケメンと言われ女子に人気があるのか、ちゃんとわかった。彼らはわかりやすく男前だったり美形だったりした。それが今は、よくわからない。名前が覚えられない以前に、なぜその人がかっこいい分類に入るのかが、理解できない。これはもう間違いようがなく、おばさんになった証《あかし》だ。

私が加齢しているあいだに、「かっこいい」の世代交代がきっとあったんだと思う。今は、わかりやすい美形よりも、中性的だったりさほど特徴がなかったりする顔立ちのほうが、きっと若い人たちにはかっこいいとされるのだろう。

そうして何より、私自身が、異性の俳優やタレントをときめきをもって見なくなったんだと思う。だって関係ない人たちじゃん、としか思わない。そこだろうな、いちばんの加齢証明ポイントは。

恵みたい顔

　何年か前、この欄に、人に話しかけられることが多いと書いた。今もって、多い。だんぜん多い。道を訊《き》かれ、この電車はどこそこ駅に着くかと訊かれ、天気云々《うんぬん》について話しかけられる。みんな、ほかの人をよけてまっすぐ私のところにきて、何か訊いたり話しかけたりする。

　この現象について、私は自分の顔が話しかけられやすい顔なのだと結論づけた。こわくない、害がない、近所にいそうな顔。

　さて、もうひとつ、気づいたことがある。

　私は人にものをもらうことが多い。昔から多かった。知らない人に話しかけられるのとおなじくらい、多かった。でも不思議に思わなかったのは、みんなそうだと思っていたからだ。みんな、だれかに何かもらって暮らしているんだろうな、と。そうではないらしいと最近知った。

もらうものは飲食物が多い。誕生日でも記念日でもお祝いごともないのに、何か、もらう。お菓子もらうし酒もらうし、うどん（乾麺《かんめん》）もらうし肉をもらう。今現在も、家にある飲食物のほとんどはもらいものだ。

海外を旅していると、夜行列車に乗り合わせた人に弁当をもらいゆで卵をもらい、入った食堂で食事をおごられ、家に招かれて手作りの菓子を土産にもらう。ガイドブックを読んでいると、旅先で、知らない人から何かもらっちゃいけないと書いてある。飲みものに睡眠薬を入れられて、身ぐるみ剝《は》がされたなんて体験談も出ている。しかも、異国では、口に合う食べものとそうではないものがある。もらっておいて食べられなかったら困る。

だから、できるだけ旅のさなかに私はなんにももらいたくない。でも、どう見ても人のよさそうな老若男女が人のよさそうな笑顔で、これどうぞ、と何かくれると、受け取らないという選択肢などないように思うのである。

今年のあたまにいったギリシャでも、カフェでお茶を飲んでいたら、前に座っていたご婦人二人がいきなりふりかえり、「これ、どこそこの有名な菓子店で買ってきたの。あげる」と、銀紙にくるまれた菓子をくれた。睡眠剤は入っておらず、アーモンド味のクッキーとケーキの中間のような菓子で、おいしかった。

最近もらったものを列挙してみる。和菓子屋さんでお餅《もち》を買ったら栗《くり》おこわをおまけにくれた。八百屋さんで野菜を買ったら自家製古漬けをくれた。魚屋さんで鯖《さば》を買ったら鮭《さけ》の切り身をくれた。「食べないから」と友人が食べるラー油をくれ、「たしか好きだったよね」と知人がグラッパをくれ、製粉会社に勤める友人が大量のパスタを送ってくれた。


と、書き連ねていたら、子どものころ、お肉屋さんにお使いにいくたび、漫画つきのパッケージにくるまれた細長いウインナーをもらっていたことを思い出した。

話しかけられる論理でいくと、私はどうも幼少期から、何か食べものを恵んであげたいような顔つき、ということになる。

「この子のおもちゃも、すべていただきものです」

せっかちという病

話し方がのたくらしているからか、なかなかそうは見られないのだが、私はたいへんなせっかちである。十分前行動よりさらに十分早く動くことが、ざらにある。

小学生のときの美術教師が、たいそう厳しい人で、どういう話の流れか、「約束の時間の十分前に訪ねるのは、十分遅れて訪ねるのとおなじくらい失礼な行為である」と言っていて、へええそうなのかと感じ入り、未《いま》だに覚えているくらいなのだからよほど印象に残ったのだが、待ち合わせ場所に私はかならず相手より早く到着する。

編集の仕事に携わるかたがたは、おそらく入社時に、仕事相手の人より早く待ち合わせ場所にはいかなくてはだめ、という徹底教育を受けているのだと想像する。なぜなら編集者は待ち合わせ場所に先に私がいると、ひどくあわててあやまってくれたりするのである。いえいえそんな、私が勝手に早くきたのであって、とこちらもへどもど説明する。

そのうち、編集者の何人かは、私より先に到着しようと十五分前にその場所にくるようになる。すると今度は私が、あの人はいつも早いからなあ、と勘違いして、二十分前に着いたりする。せわしないことこの上ない。

自分がなぜせっかちであるのか、せっかちとはそもそもなんであるのか、考えてもよくわからないのだが、「遅れるよりは早いほうがいい」「待たせるよりは待つほうが心理的に楽」という気持ちが根深くあることは間違いない。生理的感覚のようなもので、変えようがない。

私はせっかちなあまり、時計という時計を微妙に早めに調整してある。たとえば時報が午前六時ちょうどを知らせるとき、私の時計は六時五分だったりする。家にも仕事場にも腕にもいくつも時計があるが、みなそれぞれ、手動で進めているので、それぞれに違う。ある時計は六時三分、ある時計は六時六分、六時六分の時計をもとにもっと早めに設定したものは、六時十分だったりする。それらのせっかち時計を確認して、さらに早めに家を出るので、十分前行動ならぬ二十分前行動になるのである。

当然ながら、待っている時間は毎回長い。本を読んだりゲラ（校正用の印刷物）を読んだりして相手を待ちながら、「このせっかち故《ゆえ》の空白の時間だけを集めて、私だけ一日よぶんにもらえないだろうか。九月三十一日とか」などと考えたりしている。本もゲラも忘れると、待ち時間はひたすら苦痛で、自分のせっかちを呪《のろ》ったりもする。それでももちろんなおらない。

私の夫はせっかちという言葉の対極におり、青信号が点滅していようと、ホームに電車が走りこむ音が消えようと、待ち合わせ時間がたった今過ぎようと、走ったりあわてたりぜったいにしない。四十五分の電車に乗るのに、四十三分に駅に向かって歩いている姿を見ると、私は「ギャー間に合わない」と叫びそうになる。が、不思議なことに、四十五分の電車に間に合っている。

家にはもちろん私の時計ばかりでなく夫の時計もあるわけで、このあいだ、それぞれ確認してみた。夫のものはみごとに私のより遅く、いちばん開いていて十分以上の誤差があった。

人は信じたいものを信じて生きるんだなあと、ばらばらの時計たちを眺めて思った。

「この時計ももちろん進んでいます」

あとがき

昨年（二〇一一年）、『よなかの散歩』という本を出版した。雑誌『オレンジページ』で連載しているエッセイをまとめた本だ。その著者インタビューのために、私の仕事場に『オレンジページ』誌の方々が訪ねてくれることになっていた。もうそろそろくるころだ、と思っていた矢先、仕事場が揺れはじめた。え、と思っているうちに、今まで感じたことのないほどの大きな揺れになった。棚から本が落ち、机の引き出しはぜんぶ開き、机からノートや本が落ちた。何がなんだかまったくわからないまま私は外に出て、マンションの階段を下りかけ、電車や電信柱がぐにゃぐにゃ揺れているのを見て、こわくなってまた仕事場に戻った。

ようやく揺れがおさまった午後三時、仕事場のインターホンが鳴った。ドアを開けると『オレンジページ』誌の人とライターさん、カメラマンが立っている。早めに最寄り駅に集合した彼らは、律儀《りちぎ》にも約束の時間ぴったりにやってきてくれたのだ。もののの散乱した仕事場に招き入れたとたん、余震である。ここでインタビューするのもどうか、と私たちは言い合って、マンションを出、思い出したようにぐらぐらと地面の揺れるなか、近所の公園に向かい、そこでインタビューをした。もちろんこのとき、私たちは何が起きているかなんてまるでわかっていなかった。今まで体験したことのないくらい大きな地震があった、としか思わず、たとえば公共の乗りものがどうなっているか、遠くの地で何が起きているか、そのあとどんなことが起きるのか、まったくわかっていなくて、同時に、わかりたくなくて、いったいなぜ、こんなときにインタビューなどしているのか、とできるだけ思わないようにして、『よなかの散歩』について話した。笑った顔で写真も撮った。

なんだかずいぶん遠い日のことのようだ。あの日からいろんなことがずいぶんと変わってしまった。

それでも、変わらないこともある。『オレンジページ』のエッセイは今も続いていて、こうしてまた私は散歩に出ることになった。今度は真昼の。そんなこと、変わらなくたってまったくなんの役にもたたない、と思う人も多いだろうし私自身だってそう思うけれど、このエッセイはなんの役にもたたないことを書いてきたのだった。そもそもの最初から。

そしてやっぱりこの一年、私はごはんを作ってきた。毎日ではない。でも作り続けてきて、そのことに救われることもあった。ごはんを作るって、本当に、私の気持ちを救ったりするのだ。『よなかの散歩』のあとがきに書いたときより、よほど強くそれを実感してきた。

はじまったときから変わらず、私は大好きな雑誌のエッセイ欄に、まったくくだらない、ちいさな自分の世界のことを書いてきた。あらためて勘定してみて、驚いた。なんと七年間も！　そうして今、実感するのは、私の日々というのは何か大きなことではなくて、そういう、くだらなくてちいさなことどもで成り立っているのだということである。そういうことに支えられて、きっと私は暮らしているのだ。

読んでくださったすべての方々、七年間も書く場所をくださっている志村祐子さん、そして昨年に引き続き単行本の装幀《そうてい》をしてくださった池田進吾さんに、心から感謝します。

角田光代

この作品は平成二十四年六月株式会社オレンジページより刊行された。

角田光代著
よなかの散歩
役に立つ話はないです。だって役に立つことなんて何の役にも立たないもの。共感保証付、小説家カクタさんの生活味わいエッセイ！

角田光代著
今日もごちそうさまでした
苦手だった野菜が、きのこが、青魚が……こんなに美味しい！　読むほどに、次のごはんが待ち遠しくなる絶品食べものエッセイ。

角田光代著
キッドナップ・ツアー
産経児童出版文化賞・路傍の石文学賞受賞

私はおとうさんにユウカイ（＝キッドナップ）された！　だらしなくて情けない父親とクールな女の子ハルの、ひと夏のユウカイ旅行。

角田光代著
おやすみ、こわい夢を見ないように
もう、あいつは、いなくなれ……。いじめ、不倫、逆恨み。理不尽な仕打ちに心を壊された人々。残酷な「いま」を刻んだ7つのドラマ。

角田光代著
さがしもの
「おばあちゃん、幽霊になってもこれが読みたかったの？」運命を変え、世界につながる小さな魔法「本」への愛にあふれた短編集。

角田光代著
しあわせのねだん
私たちはお金を使うとき、べつのものも確実に手に入れている。家計簿名人のカクタさんがサイフの中身を大公開してお金の謎に迫る。

まひるの散《さん》歩《ぽ》

新潮文庫　か－38－11

平成二十七年四月一日発行

著者　角《かく》田《た》光《みつ》代《よ》

発行者　佐藤隆信

発行所　株式会社 新潮社

郵便番号　一六二―八七一一
東京都新宿区矢来町七一
電話　編集部(〇三)三二六六―五四四〇
　　　読者係(〇三)三二六六―五一一一
http://www.shinchosha.co.jp

価格はカバーに表示してあります。

乱丁・落丁本は、ご面倒ですが小社読者係宛ご送付ください。送料小社負担にてお取替えいたします。

印刷・凸版印刷株式会社　製本・株式会社大進堂

ISBN978-4-10-105831-3 C0195